DENGUE BOY

Michel Nieva

DENGUE BOY

A infância do mundo

Tradução de
Joca Reiners Terron

1ª edição

AMARCORD

RIO DE JANEIRO | 2024

Título original: *La infancia del mundo*

Design de capa e ilustração: Amanda Miranda
Diagramação: Ilustrarte Design e Produção Editorial

Texto revisado segundo o Acordo Ortográfico da Língua Portuguesa de 1990.

CIP-BRASIL. CATALOGAÇÃO NA PUBLICAÇÃO
SINDICATO NACIONAL DOS EDITORES DE LIVROS, RJ

N338d

Nieva, Michel
Dengue boy : a infância do mundo / Michel Nieva ; tradução Joca Reiners Terron. - 1. ed. - Rio de Janeiro : Amarcord, 2024.

Tradução de: La infancia del mundo
ISBN 978-65-85854-05-4

1. Ficção argentina. I. Terron, Joca Reiners. II. Título.

24-87656 CDD: 868.99323
CDU: 82-3(82)

Gabriela Faray Ferreira Lopes - Bibliotecária - CRB-7/6643

Direitos desta edição adquiridos pela
AMARCORD
Um selo da
EDITORA RECORD LTDA.
Rua Argentina, 171 – Rio de Janeiro, RJ – 20921–380
Tel.: (21) 2585-2000.

Seja um leitor preferencial Record.
Cadastre-se no site www.record.com.br
e receba informações sobre nossos lançamentos e
nossas promoções.

Atendimento e venda direta ao leitor:
sac@record.com.br

Impresso no Brasil
2024

Para Miguel Villafañe, in memoriam

"No entanto, tudo acontece neste mundo imundo."

AURORA VENTURINI

*"The antarctic continent was once temperate and even tropical."**

H. P. LOVECRAFT

* "O continente antártico já foi de clima temperado e até mesmo tropical." [N. *do* T.]

NO CARIBE PAMPIANO

ARGENTINA
MAPA POLÍTICO
ANO 2272
N
B
O
S
OCEANO PACÍFICO SUL
MAR ARGENTINO
OCEANO ATLÂNTICO SUL
ARQUIPÉLOGO PATAGÔNICO
CANAL
VICTORICA
SANTA ROSA
CARIBE PAMPIANO

O menino dengue

Ninguém curtia o dengue boy. Não sei se por causa do seu bico comprido, ou pelo zumbido constante, insuportável, que o roçar de suas asas fazia e que desconcentrava o restante da turma, a verdade é que, no recreio, quando a molecada saía em disparada para o pátio e se juntava para traçar um sanduíche, conversar e zoar, o pobre menino dengue ficava sozinho, na sala de aula, na sua carteira, com o olhar perdido, fingindo que verificava com extrema concentração uma página das suas anotações, para disfarçar o indisfarçável constrangimento que teria, caso saísse e deixasse evidente que não tinha nem um mísero amigo com quem conversar.

Corriam muitos boatos sobre sua origem. Alguns diziam que, graças às condições insalubres em que a família vivia, num barraco com latas enferrujadas e pneus nos quais se acumulava água de chuva pútrida, uma nova espécie mutante havia sido incubada, inseto de proporções gigantescas, que havia violentado e emprenhado a mãe, depois de matar seu marido de maneira horrenda; outros, no entanto, defendiam que o inseto gigante teria violentado e contaminado o pai, que, por sua vez, ao ejacular dentro da mãe, teria engendrado aquele ser defeituoso e sinistro e que, ao vê-lo recém-nascido, abandonou ambos, desaparecendo para sempre.

Muitas outras teorias, que agora não vêm ao caso, eram espalhadas sobre o pobre menino. Acontece que, quando seus coleguinhas, já entediados, percebiam que o menino dengue ficara sozinho na sala de aula, fingindo que fazia a tarefa, iam encher seu saco:

— Qualé, dengue boy, verdade que tua mãe foi comida por um mosquito?

— E aí, mutuca, como é ser filho do leite estragado de um inseto?

— Qualé, mosquito imundo, verdade que a xota da tua velha é um rombo podre cheio de verme, barata e outros bichos e que você saiu de lá?

Na mesma hora, as anteninhas do menino dengue começavam a tremer de raiva e de indignação, e os pequenos opressores saíam fora dando risada, deixando o menino dengue de novo sozinho, consumido por sua dor.

Não era muito mais agradável a vida do menino dengue quando voltava para casa. Sua mãe (ele pensava) o considerava um fardo, uma aberração da natureza que a arruinara para sempre. Uma mãe solteira com um filho? Criar um filho nessa situação sempre é difícil, mas, com o passar dos anos, o menino dará motivos de felicidade à mãe, que justificarão com folga seu esforço, e algum dia o menino será um jovem e depois um adulto, que poderá acompanhar e ajudar e sustentar economicamente a mãe, que, quando envelhecer, recordará com nostalgia o belo passado compartilhado e se encherá de orgulho pelas conquistas do seu primogênito. Mas um filho mutante, um menino dengue? Este é um monstro que ela terá de alimentar e carregar até o túmulo. Um desvio da genética, cruzamento doentio de humano com inseto que, diante do olhar enojado próprio e alheio, só produzirá vergonha, mas que nunca, nunquinha da silva, dará nem uma vitória, nem uma satisfação para a mãe.

Por isso (ele pensava) a mãe o odiava, e estava cheia de ressentimentos contra ele.

A verdade é que ela trabalhava de sol a sol para manter seu filho. Todos os dias, sem descanso nem feriado, percorria espremida numa lancha coletiva o penoso trecho de cento e cinquenta quilômetros até Santa Rosa. Durante a semana, era faxineira num prédio do distrito financeiro, e aos sábados e domingos se fazia de babá na casa de gente rica da área residencial daquela mesma cidade. Quando chegava à própria casa à noite, estava cansada demais, oprimida pela violência recebida dos patrões, e não tinha paciência para nada. Às vezes, quando abria a porta e se deparava com o chiqueiro que o menino dengue, por não ter mãos, deixava sem querer pela mesa e pelo chão, gritava com ele:

— Bicho idiota! Olha a bagunça que você aprontou!

Só de raiva acumulada, ela o perseguia com a vassoura enquanto o inseto sobrevoava desajeitadamente pela cozinha, jogando panelas e pratos dos armários no chão e aumentando a destruição e a bagunça, até que a mãe se cansava e se punha a limpar, resignada, embora o observasse (ele pensava) de soslaio com ódio impiedoso.

A mãe do menino dengue ainda era muito jovem e bonita, e, como não tinha tempo para sair e conhecer pessoas, quando acreditava que seu filho tinha ido dormir, tinha encontros virtuais, trancada no seu quarto. O menino dengue, lá de sua cama, a escutava conversando entusiasmada e, às vezes, dando risada.

Risada!

Uma manifestação de alegria tão bela, que jamais manifestava quando estava com ele. Então, curioso (fazendo um esforço enorme para dominar o ruído de seus zumbidos), o menino dengue sobrevoava a cozinha furtivamente até a porta de sua mãe, e enfiava um dos omatídeos do seu olho composto pela fechadura. A mãe, como suspeitava, parecia feliz, usando um belo vestido florido, rindo e contando piadas, transformando-se numa mulher desconhecida para o menino dengue, quase uma nova pessoa, já que no cotidiano que compartilhavam estava sempre preocupada, cansada ou triste.

Rapidamente, ao espiar pela fechadura, o menino dengue se entristecia, e pensava como a vida da mãe teria sido melhor se ela não tivesse sofrido a desgraça de ser violentada por um monstruoso mosquito que lhe dera um filho infectado e mutante.

Horror sinistro das mais amargas verdades!

Ele, um monstro, que havia arruinado a vida de sua mãe para sempre!

Era naquela hora de vigília e de luz tênue que o menino dengue voltava para seu quarto e, ao se olhar no espelho, se encolhia de espanto.

Onde a mãe quisera que tivesse orelhinhas, o menino dengue tinha grossas antenas peludas.

Onde a mãe quisera que tivesse o narizinho, o menino dengue tinha o longo bico enegrecido como um pedaço de pau duro e esturricado.

Onde a mãe quisera que tivesse a boquinha, o menino dengue tinha a carne deformada de onde floresciam os palpos maxilares.

Onde a mãe quisera que tivesse olhinhos da cor dos da mãe dela, o menino dengue tinha duas bolas marrons e grotescas, compostas por centenas de omatídeos de movimentos independentes e díspares, que tanta abominação e asco causavam.

Onde a mãe quisera que tivesse pezinhos gordinhos com dedinhos fofinhos de bebê, o menino dengue tinha patas bicolores e magras de dar pena, finas como quatro agulhas.

Onde a mãe quisera que tivesse a barriguinha, o menino dengue tinha um abdômen áspero, duro e translúcido, em que se via um monte de tripas esverdeadas e fedidas.

Onde a mãe quisera que tivesse bracinhos, brotavam asas, e suas nervuras, como varizes de velho apodrecido, e onde a mãe quisera suas risadinhas e encantadores choramingos, só havia um zumbido constante e enlouquecedor, que fundia a paciência até da criatura mais tranquila.

Seu reflexo, em suma, lhe confirmava o que sempre soubera: que seu corpo era uma nojeira.

Remoendo essa certeza terrível, o menino dengue se perguntava se, além de ser um monstro repugnante, um dia não se tornaria também uma ameaça mortal.

De fato, ele sabia que a maior das preocupações da mãe, que fustigava suas noites e dias, era que o menino dengue em algum momento, quando crescesse e virasse homem dengue, não pudesse controlar o instinto que o marcava, e começasse a picar e a infectar com dengue todo mundo, inclusive ela ou algum coleguinha da escola. Um filho que, além de mutante portador de vírus, viraria seu transmissor deliberado, sua vistosa máquina homicida, e que a condenaria a amarguras ainda piores. Por isso, quando o menino dengue ia de manhã à escola, a mãe lhe entregava, junto do almoço, outra pequena marmita, e lhe sussurrava lastimosamente ao ouvido:

— Mosquitinho, lembre-se de que, se em algum momento você começar a sentir uma necessidade nova, estranha e irrefreável, pode chupar isso aqui.

O pobre menino dengue, consternado, olhava para o chão e assentia, esforçando-se inutilmente para conter as lágrimas que caíam de seus omatídeos nos palpos maxilares. Pendurava, envergonhado, a marmita nas costas, e saía voando para a escola, cheio de constrangimento por ser considerado pela mãe um potencial e sinistro criminoso, vetor contagioso de males incuráveis. O menino dengue sentia tanta raiva que, quando estava suficientemente longe de casa, jogava a marmita em algum bueiro. E quando ela despencava no chão e abria, o menino dengue, sem olhar para baixo, com o olhar ainda anuviado pelas lágrimas, prosseguia apressado no seu voo. O menino dengue não olhava para baixo porque não precisava ter certeza, não precisava verificar o que já sabia que a infame marmita continha: uma palpitante e gordurosa morcilha que, ainda quente, se desfazia lentamente pelos dejetos do esgoto.

Sangue cozido, sangue coagulado, sangue pisado e sangue espesso.

Uma morcilha!

Essa era a substância que a mãe acreditava poder acalmar o sórdido instinto do inseto.

Assim, bem ou mal, entre a escola e a casa, passavam-se os dias do menino dengue, até que finalmente chegaram as férias de verão. Como a mãe trabalhava o dia todo e não tinha tempo para cuidar da criança, mandou-a para uma colônia de férias para garotos, com outros filhos de famílias da classe trabalhadora.

Para o menino dengue, a colônia acabou sendo um martírio ainda pior que a escola, pois, se a escola era um pesadelo de tormentos e crueldades, e os garotos praticavam uma violência que não conhecia limites, ao menos eram sempre os mesmos garotos. O menino dengue conseguia identificar e se antecipar aos seus coleguinhas, e já sabia de cor o repertório de maldades às quais seria submetido. Sanguessuga. Inseto. Mosquito imundo, diziam para ele. Até sabia qual seria o dia em que borrifariam veneno contra mosquitos no seu assento. Mas a colônia descortinava um novo universo, com dezenas de garotos desconhecidos, e com o risco de que fossem ainda mais agressivos e cruéis, ou ao menos mais imprevisíveis em sua maldade.

A colônia ficava numa das praias públicas mais sujas e degradadas de Victorica. Para quem não conhece essa região austral da América do Sul, recordemos que foi em 2197 que os gelos antárticos derreteram todos de uma vez, e quando o mar subiu em níveis jamais vistos, a Patagônia, região outrora famosa por suas florestas, lagos e geleiras, transformou-se numa trilha desconexa de pequenas ilhotas em chamas. Mas o que ninguém imaginava era que essa vaticinada catástrofe climática e humanitária, milagrosamente, daria à província argentina do Pampa uma inédita saída para o mar que transformou por completo sua geografia. De um dia para o outro, o Pampa deixou de ser um árido e moribundo deserto nos confins da Terra, ressecado por séculos de monocultura de girassol e soja, para ser a única via, junto ao Canal do Panamá, de navegação transoceânica de todo o continente. Essa inesperada metamorfose insuflou a economia regional com constantes e suculentos lucros provenientes de impostos portuários, além de dar acesso a novas e paradisíacas praias que atraíram veranistas de todo o mundo. Os melhores balneários, porém, os mais próximos de Santa Rosa, eram propriedade exclusiva de hotéis e mansões privadas de veranistas estrangeiros. As pessoas comuns, como o menino dengue, só tinham acesso às praias públicas, próximas ao Canal Interoceânico de Victorica, onde se acumulava toda a podridão do porto: um miserável depósito de plástico e entulho no qual eram incubados todos os tipos de aberrações.

A colônia oferecia uma combinação perfeita para mães e pais que trabalhavam de sol a sol, como acontecia com a mãe do menino dengue. Basicamente, passavam de ônibus para buscar bem cedo os garotos e depois os devolviam, pontualmente, cerca de oito da noite. Como se tratava do serviço mais importante da colônia, era a parte mais organizada do negócio, e o restante era relegado a um lugar secundário. Assim, os garotos só recebiam um miserável pão duro com chá-mate de café da manhã e, no almoço, polenta com manteiga e suco de caixinha. Quanto às atividades recreativas que a colônia prometia, não eram mais que um professor de educação física barrigudo e aposentado que ficava fumando jogado na areia, e que soprava o apito quando via que algum dos moleques ia para a parte funda da água ou desbravava o lixão de objetos cortantes e afiados.

Assim, os garotos, sem deus nem patrão, faziam o que queriam, e corriam e jogavam bola ou mergulhavam e se bronzeavam na praia fedida. E havia um em particular, que, na falta de um adulto responsável, tornara-se o líder da manada, a quem todos chamavam de Dulce. O Dulce era um menino gordinho e hiperativo de uns doze anos. Seu pai trabalhava numa fábrica processadora de frangos, e o Dulce, que às vezes ia lá visitá-lo, ganhou a admiração do grupo por descrever com riqueza de detalhes como as aves eram degoladas e destripadas.

— Meu pai – dizia o Dulce –, opera na fábrica o Eviscerator 3000, um super-robô com controle remoto que, só de apertar um botão, enfia um gancho no cu dos frangos que deixa as tripas penduradas pra fora. –

Nesse momento, um reverencial silêncio de respeito reinava ao redor do Dulce. – O mais louco é que, nessa hora, os frangos continuam vivos. Para preservar a maciez da carne, o truque é depenar primeiro com vapor fervendo, depois arrancar as tripas pelo cu, e, só nos finalmentes, antes de partir em pedaços, é que são degolados. Por isso – continuava o Dulce, enquanto tocava as próprias orelhas –, o segredo é usar tampões, para que os moribundos gritos dos agonizantes não enlouqueçam seu cérebro enquanto o Eviscerator arromba o olho do cu deles.

Assim que terminava a história, e os outros meninos permaneciam em silêncio imaginando os gritos desesperados dos frangos, o Dulce, que já tinha se convertido numa espécie de mestre de cerimônias do grupinho, os guiava até um canto afastado do balneário e, sem maiores preâmbulos, baixava a sunga até os tornozelos.

— E por falar em gansos – constrangia.

O lance é que o Dulce, à vista de todos, começava a esfregar furiosamente sua piroca com o polegar e o indicador. Depois de alguns minutos, diante do olhar hipnotizado do grupo, o pinto do Dulce disparava uma fina serpentina transparente que caía, parecendo muco, na areia.

— E o resto? Não vai esfregar o ganso?

Meio confusos, meio aterrorizados, os outros garotos, que de repente se viam destripados e depenados como frangos, passavam a imitar o Dulce. Baixavam, titubeantes, a sunga até os tornozelos e, em roda, aproximavam o dedo polegar e o indicador bem naquele lugar e o esfregavam. Não é preciso esclarecer que esse era um momento especialmente embaraçoso para a maioria, já que todos os garotos se encontravam na fase de transição na qual alguns já entraram na puberdade mas outros não, na qual os corpos começam a mudar contra a vontade de seus donos e reina entre eles a espasticidade e a falta de jeito. No entanto, menos mal que todos eram meninos humanos, e seus corpos, ainda que com diferenças e particularidades, eram parecidos. Exceto, é claro, o menino dengue. A genitália dos mosquitos machos, como se sabe, não tem pênis. Tais espécimes possuem testículos internalizados em seu abdômen, acompanhados de um aparelho ejaculador parecido com uma pequena cloaca. Por isso, o menino dengue, horrorizado em exibir sua anomalia, foi o único que não acatou as ordens do Dulce, desobediência que não passou despercebida ao pequeno ditador. Este, com a sunga ainda nos tornozelos e os punhos na cintura, verificava satisfeito como cada um dos garotos cumpria suas ordens. Contudo, quando seu olhar aterrissou no menino dengue (que tinha permanecido congelado, olhando a areia com vergonha), o desafiou:

— Que foi, dengue boy? Tá com medo de mostrar a xoxota?

Como o menino dengue não respondia, e, além disso, encolhido nas suas patas finas mexia avexado com o bico alguns grãos de areia, o Dulce subiu ainda mais nas tamancas. E foi aí que a coisa desandou.

— Olha só, olha só! – o Dulce o apontava entre gritos, chamando a atenção do resto, absortos até aquele instante em sua onanista tarefa – O inseto é um eunuco!

Logo todos, incluindo o próprio Dulce, perceberam que ignoravam o sentido da palavra "eunuco", mas que justamente por isso ela funcionava melhor ainda.

— O inseto é um eunuco!

— O inseto é um eunuco!

— O inseto é um eunuco! – gritavam, entusiasmados, repetindo a expressão a torto e a direito, sentindo que adquiria um sentido mágico e misterioso. Os rapazinhos, assim, de maneira inadvertida, descobriam as maravilhas da linguagem que alguns chamam de poesia, e em roda, abraçados, ainda com a sunga nos tornozelos, porém guiados pelo Dulce como quem se deixa levar por Virgílio ao Purgatório, puseram o menino dengue no centro da roda e começaram a gritar, em coro, despachando um variegado tesouro da língua que jamais haviam suspeitado abrigar, mas que surgia dos seus corações como a inspiração divina para o vate:

— Mosquito emasculado!

— Artrópode capão!

— O mutuca só tem o cu!

— Invertebrado castrado!

E então, em coro, como um canto de estádio liderado pelo Dulce, que agitava sua mão feito um torcedor de organizada:

— In-se-to eu-nu-co!

— In-se-to eu-nu-co!

— In-se-to eu-nu-co!

E de volta, o refrão:

— In-se-to eu-nu-co!

— In-se-to eu-nu-co!

— In-se-to eu-nu-co!

Ah, como é difícil descrever o instante exato e fugidio de uma iniciação!

Já foram escritos, é claro, milhares de romances de formação, que já o buscaram com maior ou menor destreza. Mas será que é possível dar conta com palavras do gélido momento em que uma criatura é acometida, mesmo que não seja com confuso ou imprudente furor, pelo fato decisivo que vai alinhar na mesma trança sua vida passada e sua vida futura, essa marca de fogo e de sangue que alguns chamam de destino, e que por acaso já lhe estava assinalada?

A verdade é que o menino dengue, contrariamente à reação que sempre mostrava diante dos atropelos padecidos por sua condição mestiça, não se angustiou nem desejou estar morto nem suas anteninhas peludas tremeram de raiva ou de dor. O truculento canto em roda (com importantes acertos poéticos, há que se admitir) dos rapazinhos liderados pelo Dulce não arrancou nem um pingo do seu equilíbrio. Foi, pelo contrário, bem diferente a inaudita adrenalina injetada em cada uma das nervuras de suas asas. Porque quando o menino dengue focou o olhar dos seus omatídeos no Dulce, que, ainda com a sunga arriada, apontava e zombava dele, não viu mais nem sequer um antagonista, nem sequer um igual, nem sequer um humano. Diante da temível agulha do menino dengue, não havia mais que um delicioso sorvete de carne, um palpitante naco de morcilha suculenta. Tomado pela vertigem dessa nova e incontrolável necessidade, uma brusca revelação atravessou as peludas antenas do menino dengue, de forma mais clara e lúcida que nunca, apesar da indistinta algaravia de vozes que o envolvia. O menino dengue, não sem certa incongruência, raciocinou: não sou um menino, mas uma menina. A menina dengue. De fato, na espécie *Aedes aegypti*, da qual ele (ou ela) era um exemplar único, apenas as fêmeas picam, sugam e transmitem doenças, enquanto os machos se dedicam ao hábito mecânico de copular e engendrar. Com alívio, com filial temor, entendeu que um erro gramatical a acompanhou por toda a sua vida, e que, se não era um menino e sim uma menina, jamais poderia violar sua mãe, nem repetir o crime pelo qual seus coleguinhas acusavam seu pai. Assim, inflamada como quem descobre uma verdade que estava adormecida, a menina dengue arremeteu contra o corpo do Dulce, desnudo até os tornozelos, que tombou na areia. Com precisão cirúrgica, imobilizou-o. Aproximou seu bico e, como quem abre uma morcilha e come apenas o recheio, destripou sua barriga. Alheia aos gritos enlouquecidos dos outros meninos, que passaram de canto festivo a transe sinistro e fugiram em atropelo à procura de socorro (do jeito que lhes era possível, é claro, por causa das sungas caídas pelos tornozelos), a menina dengue meteu seu bico no arrombado ventre do Dulce e levantou um punhado sanguinolento de tripas. Diante do olhar aterrorizado do professor de educação física, que, alarmado, já havia chegado ao lugar do evento, mas, em estado de choque, mal considerava assoprar estupidamente seu apito, a menina dengue, como quem oferece um sacrifício à sua divindade, ergueu com o bico as vísceras do Dulce, limpas e azuis, em direção ao sol. Ato contínuo, como quem arrebenta uma corda, deu um puxão. Um jorro de sangue e excremento e outras biles amargas salpicaram e sujaram o rosto paralisado do professor de educação física, e também tingiram a areia e depois as ondas que lentamente chegavam à orla e depois voltavam.

A menina dengue sorveu essa deliciosa poção que não parava de jorrar incontrolavelmente das entranhas do Dulce, que tremia numa bizarra epilepsia, certamente por causa da doença pavorosa que acabara de contrair. É preciso lembrar que a saliva do mosquito contém uma poderosa substância anticoagulante e vasodilatadora que promove o sangramento, e por isso o sangue corria sem pausa como numa fonte monumental.

Assim que a menina bebeu até a última gota do reluzente cadáver, arrematou, como quem conta uma piada horrível que ninguém esperava:

— O Dulce era doce!

Depois olhou em desafio para o professor de educação física, que, paralisado de horror, nem apitava mais, e completou:

— Não é como aquela migalha de pão miserável com chá-mate que você dá pra gente de manhã!

Com súbita veemência, a menina aproveitou a confusão do professor de educação física e, com uma picada, rachou-lhe a testa, que se abriu como uma melancia, e em poucas chupadas lhe sugou as tripas do cérebro.

Não havia mais nada para fazer naquele balneário imundo.

Por pena ou talvez por vingança, concluiu que não havia nenhum sentido em matar os outros meninos, que já haviam erguido as sungas, mas continuavam a correr e a chorar. Então apenas os picou. Assim que sentiram a picada, caíram e irromperam nas sinistras convulsões.

Pensou que não fazia sentido nem mesmo se despedir da mãe, que ficaria sabendo pelos jornais, ou pelas mães das outras crianças, sobre sua transformação. Agora só lhe restava fugir para as praias de Santa Rosa em busca de vingança, a assassinar e infectar os ricos e turistas estrangeiros que tanto sofrimento causaram à sua mãe e, por tabela, a ela mesma.

Alçou voo e, sacudindo o sangue das asas, saiu envolta em seu característico e insuportável zumbido, até se tornar um ponto imaginário no esplêndido horizonte do Caribe Pampiano.

Viva a menina dengue!

O Dulce

O Dulce pegou um dos ovinhos. Era viscoso e escorregadio ao toque. Estava latejando, e miasmas opacos se agitavam dentro dele. Quando conseguiu dominá-lo na palma da mão, examinou com atenção as estranhas veias que corriam por ele, que vibravam e inchavam e variavam abruptamente em brilho e cor. De repente, olhou para o irmão mais velho e perguntou:

— Que porra é essa? Dá pra foder? Ou deixa doidão?

Se o Dulce, que descanse em paz, não tivesse morrido ao ser estripado pelo bico implacável da menina dengue, talvez tivesse vindo trocar ideia com seus coleguinhas de colônia, depois de ganhar confiança (com certeza o ritual de masturbação coletiva teria propiciado a intimidade), enquanto chapinhavam nas ondas imundas ou zoavam pela areia infectada do litoral, sobre esta ou outra história a respeito do seu trabalho de fim de semana, que era ajudar seu irmão mais velho a contrabandear caixas pelo Canal Interoceânico do Pampa. A coisa era assim: como a dita rota de navegação entre o Atlântico e o Pacífico cobrava tarifas alfandegárias altíssimas, muitas empresas, que em geral lidavam com o tráfico ilícito, desembarcavam clandestinamente suas cargas no Canal, e ali os agentes as esperavam, grupos de contrabandistas que transportavam os contêineres através da fronteira, primeiro de barco e depois de caminhonete. Os muambeiros renomeavam a mercadoria como "produto argentino" e depois a transferiam para o porto de Victorica, onde outro navio da mesma empresa exportava o produto, sem pagar nenhum imposto.

Era, enfim, um negócio redondinho, que injetava suculentas somas na economia informal de Victorica, e o irmão mais velho do Dulce não ficou sem a sua fatia. Aquele patife liderava sua própria gangue, e com relativo sucesso, porque começou com um barco pequeno e graças ao fluxo de clientes logo expandiu para dois barcos e uma caminhonete. Como nos finais de semana, que eram os dias de maior movimento e demandavam mão de obra adicional, ele via o irmão caçula só coçando, fumando ou arranjando encrenca, contratou-o com a promessa de que, se fizesse bem o trabalho, lhe daria um Pampatronics, console de videogame caro pra dedéu que todo moleque sonhava em ter.

O Dulce aprendeu rapidamente as manhas da negociata. Era o primeiro a chegar, na manhã de sábado, ao fedorento córrego onde descarregavam. Cuspia nos dedos um por um, porque (dizia) "a baba favorece a aderência", enquanto piscava e agarrava uma caixa que pesava duas ou três vezes mais que ele. Um exemplar trabalhador infantil, pois não importava o tamanho ou o peso, o Dulce levantava todos os pacotes com o mesmo afinco, sem descanso, do início ao fim. Com disciplina incondicional, ele reclamava se via alguém meio de ressaca ou se fazendo de morto. Não havia dúvida: ser muambeiro era para ele a realização de um sonho, pois lhe permitiu não só (pela primeira vez) receber a atenção e o respeito do irmão mais velho, mas também o instigou com a esperança de obter o tão almejado Pampatronics. Não o Pampatronik, muito menos o Pampatone (falsificações chinesas de merda que eram vendidas em todas as feiras), mas o original, o Pampatronics, que era fabricado na Antártida e que recriava fielmente um mundo de realidade virtual como tinham sido aquelas geografias antes do degelo antártico.

Contudo, voltando aos pormenores da história que o Dulce teria contado aos coleguinhas se não tivesse sido executado pela menina dengue, havia uma regra de ouro relativa às caixas. Mesmo que emitissem chiados arrepiantes, tremessem, emanassem estranhos cheiros ou pesassem uma barbaridade, o irmão sempre o alertava:

— Nunca pergunte o que tem dentro delas.

De fato, ser discreto era a virtude mais valorizada no bom contrabandista. Uma virtude fundamental e diríamos até excludente, cuja transgressão poderia custar-lhe a vida, pois o seu nobre trabalho proporcionava o mais espetacular atravessamento de ilícitos da Terra. Tudo o que era proibido por lei ou proibido pelas regras tácitas da moral e dos bons costumes passava pelo Canal através das mãos desses laboriosos jovens, e, embora o Dulce e seu irmão pudessem se orgulhar de serem os motores protagonistas desse tão necessário quanto proibido comércio, era mais fácil realizar a digna tarefa dando a tais pacotes o valor que realmente tinham: nada mais que caixas; modestas mas resistentes, simples mas eficazes embalagens de papelão que, independentemente do seu volume, cheiro ou emanações de todo tipo, eram trocadas como mercadoria, e por isso isentavam de qualquer responsabilidade quem apenas as punha para circular na sua paralelepípeda abstração.

No entanto, apesar da miríade de produtos vivos e não vivos, falsificados e mutantes, terrestres e extraterrestres, mas sempre ilegais, que circulavam por aquela fronteira, era evidente que o maior fluxo de contrabando se destinava aos três produtos ilícitos mais populares da Terra: binodinal, benereoTT e ovejín. O binodinal e o benereoTT eram drogas estimulantes e altamente aditivas, cujos efeitos não são assunto desta história, enquanto a ovejín era uma espécie de *animal* (palavra inexata, embora a mais próxima para descrevê-la) geneticamente modificado e patenteado pela empresa Ovejín, que consistia em nada mais nada menos que um órgão sexual com autonomia e vida própria, dotado de metabolismo próprio, e que em seus diferentes modelos oferecia satisfação ao mais amplo leque de perversões. A ovejín mais traficada, porém, era o modelo original: uma esponja amorfa de carne, moldável ao gosto do usuário, com um orifício para respirar, comer e foder e outro para defecar e foder e que, por odiar o confinamento, urrava com a impotência dos condenados.

Quase sempre, então, o chocalhar dos comprimidos ou o bufar queixoso do mutante permitiam ao já esperto e acostumado muambeiro elucidar o conteúdo da caixa, que se distribuía, principalmente, como dissemos, entre binodinal, benereoTT ou ovejines.

Precisamente por isso, quando o Dulce percebeu que da caixa que carregava pingava um líquido viscoso e a abriu para checar se algo tinha se quebrado, perguntou, mais por costume do que outra coisa:

— Que porra é essa? Dá pra foder? Ou deixa doidão?

Mas não, não era nem binodinal, nem benereoTT, nem um estranho e novo modelo de ovejín. Era outra coisa.

O irmão mais velho do Dulce pegou um ovinho. Depois de inspecioná-lo com relutância, finalmente disse:

— Não são ovos. São pedras telepáticas da Antártida.

— Pedras telepáticas da Antártida?? – repetiu o Dulce, sem conseguir esconder a curiosidade e o entusiasmo tão típicos da infância, mas que o irmão espantou com um par de cascudos na cabeça:

— Não se mete onde não é chamado, moleque, vai pegar as caixas e vê se fica na moral!

E o Dulce obedeceu, aterrorizado, mas com malícia suficiente para guardar, sem que ninguém percebesse, uma das pedrinhas no bolso.

Antes, porém, que o Dulce contasse (se não tivesse morrido) o que aconteceu naquela noite, é possível desvendar (até onde o conhecimento científico permite) o que seriam aquelas supostas pedras telepáticas que eram traficadas pelo Canal Interoceânico, e cujas propriedades o Dulce e seu irmão mais velho ignoravam por completo.

Foi quando finalmente derreteram as antiquíssimas camadas glaciais que cobriram a Antártida Argentina por milênios que a empresa YPF (com a colaboração do capital britânico) empreendeu a extração de hidrocarbonetos da Base Belgrano II, atividade que, durante anos, rendeu dividendos milionários a múltiplos setores da economia. Justamente por isso, ninguém soube explicar como ou por que, de um dia para o outro, fazia uns dois ou três anos, as perfurações haviam sido interrompidas e os poços, submetidos a uma rigorosa proteção sanitária que o Exército monitorava vinte e quatro horas. Muitos rumores se espalharam sobre o misterioso motivo que obrigou a YPF a desmontar suas fábricas, mas se dizia que uma incompreensível forma geológica ancestral emergira pela embocadura daqueles profundíssimos poços antárticos, que antes jazia congelada nas próprias entranhas da Terra, e que, graças ao degelo e aos profundíssimos abismos verticais causados pela extração intensificada, após bilhões de anos de dormência, havia ressurgido. Dizia-se que era uma espécie de pré-vida, antiquíssimos microrganismos primitivos e protoplasmáticos que brotaram em períodos primevos, antes que a vida como a conhecemos existisse na Terra, e que se fossilizou naquelas pedras, atribuindo-lhes imemoriais e inexplicáveis prodígios.

Questão que, apesar das rigorosas medidas sanitárias e militares com que a YPF procurou atrasar a notícia dessa descoberta antártica, não levou muito tempo, piscadela e suborno até que essas enigmáticas formações fósseis começassem a ser contrabandeadas e depois vendidas sob rótulos que prometiam os mais extravagantes superpoderes, formando, como era de se esperar devido ao seu caráter ilegal, uma forte rota comercial através do Canal Interoceânico do Pampa.

Por isso, através de uma longa e absurda cadeia de transações ilícitas, essa fosforescente pedrinha primordial, adormecida por eras nas entranhas incandescentes do planeta, foi parar nas mãos de um paupérrimo e anônimo moleque de Victorica, o malandro Dulce, tomado pela ingênua travessura de quem nem chegava a suspeitar da antiguidade (mensurável apenas no tempo cósmico) da valiosa relíquia que acabara de saquear.

E, como íamos dizendo, assim que o Dulce terminou seu trabalho de muambeiro, tarde da noite, já em casa, tirou a pedrinha do bolso.

A pedra cósmica emitia brilhos verdes e violetas que quase cegavam, e tremia. Sem dúvida, pensou o Dulce, era uma pedrinha e tanto, a única do gênero, e ele ganharia uns bons trocados por ela. Olhou-a com malícia e, certificando-se de que ninguém visse, escondeu-a debaixo da cama. Deitou-se e, quase no mesmo instante, caiu morto de sono devido à correria do dia.

No entanto, foi durante a madrugada que os tremores pioraram.

O precário barraco de zinco e tijolo vazado onde morava com o irmão mais velho e a mãe (o Dulce esqueceu de explicar aos coleguinhas de colônia que não só não morava com o pai, como o vira apenas algumas vezes na vida) estremeceu num estrondoso terremoto que rachou paredes e derrubou no chão tudo que estava nas mesas e prateleiras. Ouviram-se vidros quebrados, cachorros latindo e os três acordaram aos gritos.

— Que porra foi essa? – exclamaram num coro desesperado. Olharam pela janela e até saíram à rua para conferir as outras casas, mas o bairro todo permanecia hermético no sono impassível e sem sonhos dos proletários. Não encontrando explicação alguma para o tremor sobrenatural, embora breve, eles voltaram para suas camas e adormeceram na mesma hora. Exceto pelo Dulce, que não pregou o olho. Não por vontade própria, claro, mas porque uma voz inesperada, que parecia vir das profundezas cavernosas da Terra, tomou posse de sua mente e lhe disse:

— Quer que falemos sobre A Grande Anarca? – ele ouviu na sua própria cabeça, como se ele mesmo estivesse perguntando, apesar de ignorar completamente o significado das palavras que acabara de enunciar. – Quer que falemos sobre A Grande Anarca? – repetiu, em *loop*, a voz em sua mente.

— Grande Anarca... que porra é essa... – ele disse para si mesmo, quase como uma reclamação ou um lamento, enquanto tapava os ouvidos e puxava os lençóis até a cabeça e implorava para conseguir dormir. Mas só obteve, em resposta, a mesma pergunta:

— Quer que falemos sobre A Grande Anarca?

Como se deduzisse, pelo acúmulo de fenômenos sobrenaturais (um terremoto restrito exclusivamente à casa onde viviam, inéditas vozes mentais), um suspeito padrão que coincidia com o recente roubo, levantou-se, de súbito, tentando não despertar sua família, e ali, embaixo da cama, a encontrou: brilhante, fluorescente, a viscosa pedrinha, emanando um licor asqueroso e pegajoso que encharcava todo o chão. Enfiou os pés na gelatinosa excrescência e levantou a pedra. A poucos centímetros de seu rosto, o Dulce conseguiu examiná-la nos mínimos detalhes: vibrante, cheia de veias e com oscilantes e fluorescentes verdumes. Mas sua aparência, embora curiosa, não era o verdadeiramente sinistro, mas sim aquilo que a pedrinha provocou depois: como explicar o horror cósmico que se apoderou do pobre garoto quando ouviu, como se fosse ele próprio matutando, os pensamentos de uma primeva inteligência pré-histórica, emergência caótica de segredos impessoais, terríveis e primitivos, desde os primeiros tempos da Terra, que a compacta matéria fóssil preservou intacta durante milhões e milhões de anos e que pela primeira vez, após incontáveis eras de latência nas entranhas terrestres, foram verbalizados na mente de um pobre menino de Victorica?

O cérebro do Dulce, por alguns segundos, iluminou-se com uma lucidez meridiana que nunca havia experimentado e jamais experimentaria. Escutou ideias cósmicas pré-históricas que nenhum cérebro humano jamais ouvira. Era nada menos que a sabedoria da primeira infância do mundo. Escutou a cavernosa voz primitiva de organismos que nasceram e morreram antes mesmo de a humanidade ou de qualquer coisa viva existir, e que a evolução sem dúvida havia descartado por considerar aberrante ou proibida. Era (talvez) um vírus ancestral ou o arcano de um terrível tempo primitivo e hediondo que ameaçava retornar, quando, há impenetráveis couraças de eras e tempos, a anarquia e o caos floresciam, e a perplexidade informe reinava, e todas as coisas (o vivo e o não vivo, o ser e o não ser) eram somente uma: A Grande Anarca. Sentiu uma tontura muito intensa que só foi interrompida, mais uma vez, pela frase fatídica:

— Quer que falemos sobre A Grande Anarca?

— Nem fodendo! – respondeu, ainda tremendo e abalado de êxtase. Não foi pequeno o choque ao ver as verdades mais terríveis e secretas da Terra encarnadas num pobre garotinho de doze anos. Mas o Dulce, estoico, ao abrir desesperadamente primeiro a janela e depois o mosquiteiro, apesar das convulsões que o haviam mergulhado numa espécie de terremoto nervoso, agarrou a pedra com muita gana e, com todas as forças, jogou-a fora, o mais longe que pôde.

O pedregulho fluorescente voou pelo ar por alguns instantes e caiu em um depósito de lixo abandonado em frente à sua casa, onde pululavam todos os tipos de vermes horripilantes.

Os tremores e as vozes cessaram abruptamente.

O pobre menino voltou, ainda exausto e abalado, para sua cama. Ao tocar nos lençóis, ficou mortificado ao ver que havia se mijado, e implorou, entre lágrimas, como se tudo fosse produto de um carma cruel, que nem seu irmão nem sua mãe descobrissem, pois não queria sofrer mais consequências por causa do roubo da pedrinha. Mas apesar do estresse e do nervosismo, devido ao cansaço que seu corpo acumulava, fechou os olhos molhados de lágrimas e, depois de alguns minutos, como quem não quer nada, adormeceu.

O dia seguinte amanheceu com um sol escaldante e sufocante que prenunciava um típico e esplêndido domingo no Caribe Pampiano. Os insetos zumbiam, um grosso caldo envolvia tudo e não se ouvia o menor barulho na rua. Mas, com o medo instintivo do animal que aguarda seu predador, o Dulce levantou-se alerta, temendo um novo terremoto, ou a irrupção de cavernosas e horrendas vozes de tempos primitivos. Será que a pedrinha e suas questões infernais voltariam do lixão para se vingar?

As horas daquele belo dia e dos seguintes passaram, porém, e não se sentiram (felizmente para ele) mais tremores nem cavernosas ou primitivas ideias que, por sorte, com o passar dos meses, o Dulce conseguiu esquecer, ou pelo menos confundir com um incompreensível e distante sonho.

Até que um belo dia, depois de um fim de semana após o outro trabalhando como muambeiro sem ganhar um centavo, o irmão chegou em casa carregando um pacote e, com um sorriso cúmplice, entregou-o para ele.

A cara do Dulce, em geral um menino acostumado pelos prematuros golpes da vida a ser metido e arisco, contraiu-se num gesto tão incomum nele que todos levaram um tempo para entender o que lhe acontecia, e pensaram que talvez estivesse fulo da vida ou tivesse pisado num prego e escondia a dor com muita dificuldade. Mas era um sorriso. Um sorriso, de fato, um sorriso! Aquelas contagiantes caretas de felicidade que só a sincera ingenuidade infantil consegue exibir em momentos de intenso espanto e alegria. O Dulce, pela primeira vez, estava feliz. Destroçou o pacote e, vendo que dentro havia um console, gritou emocionado:

Se não é um Pampatro...

PAMPATONE

Permaneceu em silêncio por alguns momentos enquanto lia e relia o rótulo, incrédulo, até não conseguir esconder sua indignação:

— A falsificação chinesa! Um Pampatone!

De fato, não era o Pampatronics, mas a sua versão falsificada, de quinta categoria, a que era contrabandeada pelo Canal e vendida na feira do bairro por menos de um oitavo do preço da original. Ele queria mais era chorar e xingar. Mas sob o olhar de desaprovação de seu irmão, que não tolerava fraquezas infantis, mastigou a raiva para dentro. Com medo de levar umas porradas por ser ingrato ou insolente, agradeceu ao irmão como quem oferece pêsames (porque se havia algo que movia seu desejo e as horas de seus dias era a expectativa de receber o original, o Pampatronics) e foi abrir a caixa e conectar o console.

O capacete, ao contrário do original, era desconfortável e áspero, e não emitia luzes ou sons quando conectado. Ligou-o e imediatamente mergulhou na magia brutal do jogo, a versão falsificada de *Cristãos vs. Índios*, que recriava as guerras do século XIX pelo controle da planície argentina. Os jogos do Pampatone, como dissemos, eram idênticos aos do Pampatronics, só que com gráficos mais toscos e velocidade de conexão lentíssima.

É claro que o Dulce escolheu "Índio", pois se tinha uma coisa que o animava era sair correndo pelado e socar as pessoas. De repente, ele apareceu numa vasta planície de ervas daninhas e matagal e ficou logo de cara impressionado com a vasta abundância de espaços ermos que se perdiam no horizonte, em dimensões que ele nunca vira ou imaginara. Pulou a introdução explicativa, mas logo entendeu que, como naquela época o Exército Argentino usava fuzis de pederneira de tiro único, se havia uma nuvem de fumaça por perto era porque o cristão estava recarregando sua arma e, portanto, estava desarmado e indefeso. Avistou uma nuvem negra a poucos metros de distância e cavalgou com todas as forças naquela direção, mas ao se aproximar percebeu que estava entrando em uma vila. Era pequena e pitoresca e estava pegando fogo. Fazia o papel de um bandido. Ele se preparou imaginando tudo o que iria roubar. Entrou numa mercearia já abandonada pelos seus donos e clientes: atrás do balcão havia peças de presunto penduradas, nas prateleiras, queijos inteiros, garrafas de vinho, chocolate! Quase perdeu um dente ao morder o presunto duro que estava pendurado e que engoliu de uma vez com um gole de vinho tinto. Colocou o máximo que pôde na sela do cavalo, botou a peça de presunto nas costas e ateou fogo ao lugar. Era divertido queimar coisas e observar as chamas, fazê-las desaparecer devagarinho. E o cheiro doce da carne queimada. E a fumaça espessa e preta. Entrou numa casa onde uma família indefesa o esperava e espancou-os com a peça de presunto. Depois os amarrou, enquanto ouvia o pai de família implorar:

— Não nos mate, eu imploro, não nos mate…

O Dulce morreu de rir daqueles gemidos patéticos, que silenciou esmagando o crânio do desgraçado com uma porrada do presunto. Depois, tacou fogo em tudo e caiu fora. Enquanto cavalgava, sentiu o gélido ferro da faca contra sua cintura e imaginou que se encontrasse algum novo moribundo arrancaria suas bolas e, entre uivos indefesos, as enfiaria na boca do babaca. Depois o degolaria e usaria sua cabeça para bater alguns pênaltis. Com uma estranha intuição, imaginou que, se encontrasse a igreja do povoado, pegaria algum crucifixo bem grandão e metálico, e arrancaria as pregas do padre com o crucifixo (da mesma forma que seu pai fazia com os frangos). Possuído pelo lúdico entusiasmo dessa possibilidade, correu a todo galope em direção à praça principal (onde ficava a respectiva igreja), mas, de repente, a imagem congelou. Moveu seu corpo em todas as direções, mas o personagem continuava sem responder. Na verdade, o console tinha acabado de apresentar seu primeiro defeito de fábrica, e o Dulce não conseguiu conter seu grito de raiva:

— Pampatone de merda!

Quando a conexão voltou, seu personagem estava morto, varado por chumbo cristão. Daí reiniciou o jogo com outro personagem ("Índio" de novo), e então o Dulce se entregou ao furor simétrico do videogame, cujo cenário mais ou menos troncho do planeta antes de ser transformado pelo degelo massivo da Antártida não é o tema desta história, e sim sua breve aventura com a pedra telepática, uma pedrinha que enunciou as mais terríveis verdades da impessoal anarquia primitiva, e que o Dulce teria contado aos seus coleguinhas da colônia se as picadas da menina dengue não o tivessem executado, arrebanhando suas entranhas aos jatos sanguinolentos para o alto.

René

René se agacha entre a vegetação à espera do bandido e, quando ele aparece, valente, a cavalo, puxa o gatilho com precisão. O chumbo acerta bem no meio dos olhos do Índio, que cai para trás, embora seu cavalo, agitado pelo barulho, continue aterrorizado a galope.

Acertou na cabeça! Ganhou 1.000 pontos!

Mas não há tempo para ver como a cabeça se abre ao meio e derrama lentos e fumegantes riachos de sangue que se ramificam pela desmesurada planície. Não há tempo: René tem que recarregar a espingarda, tem que fugir imediatamente, pois essas espingardas de pederneira só têm um tiro e a negra nuvem do disparo parece ter alertado outros ranqueles* para o seu esconderijo. Outro Índio, aliás, já identificou sua posição e vem no seu rastro de fumaça. René puxa o cão para trás e abre a caçoleta, onde coloca um pouco de pólvora e depois mais um pouco no cano e por fim a bala, que insere com a vareta e dispara novamente:

Acertou no peito! 500 pontos!

René calcula que já faz cinco horas que está resistindo à investida do ataque à cidade e que não demorará muito para o sol nascer, quando de repente é interrompida por gemidos de lamento e agonia: não sabe como, mas o Índio com o peito esburacado guincha e bufa, e seus gritos alertarão o restante do bando. Não há tempo para recarregar o rifle. René se levanta aos tropeços no matagal para arrebentar a cabeça dele com a coronha, e consegue lhe acertar um tirambaço na boca que arrebenta dois ou três dentes, quando de repente a babá, René, o achocolatado está pronto, René, o achocolatado, e a sacode e com voz doce insiste e a arranca de sua cruel matança. Em menos de um segundo, René é expulsa da guerra de fronteira do século XIX, da descomunal planície vertiginosa, e regressa ao

* Povo originário que habita a atual região central da Argentina. [*N. da E.*]

ano de 2272, ao Caribe Pampiano, como pode verificar pela enorme janela do seu quarto que, do 367º andar, convida à magnífica vista do mar esmeralda de Santa Rosa e da areia branca e fofinha e das outras ilhas e dos barquinhos que avançam, como pontinhos, ao longe.

Assim que tira o capacete, René analisa rapidamente a tabela de classificação:

9. Fu3g1a B@Sk3t	46.145 Pontos
10. TiTo LiViO	46.035 Pontos
11. René Racedo	45.925 Pontos
12. Joe...2262	45.876 Pontos
13. Fefi Fdez	44.981 Pontos

Babá arrombada!

Se ela não tivesse interrompido com o café da manhã, teria arrebentado a cara do Índio e assim conquistado os cento e dez pontos que faltavam para vencer TiTo LiViO.

Babá arrombada.

Mas quando ela se vira, percebe que quem lhe traz o café da manhã não é a babá, e sim sua mãe. A babá está atrasada, ela lhe avisa, estamos esperando por ela.

Sem agradecer, René recebe com relutância a bandeja que a mãe lhe entrega e toma alguns goles do achocolatado antes de continuar o jogo, calcula, por mais duas ou três horas até o jantar.

Para René, não há momento mais agradável e esperado do que a chegada do fim de semana. Na sexta-feira, ao cair da tarde, seus pais vão para a casa de campo em Nuevo Cariló, deixando-a com a babá até domingo à noite. Assim, sem ninguém para controlá-la e livre das soporíficas obrigações da escola, pode se dedicar com tempo e afinco ao seu maior entretenimento: *Cristãos vs. Índios*, um dos jogos mais populares do Pampatronics.

Mas acontece que a babaca da babá acabou não vindo e ela vai ficar presa por sabe-se lá quanto tempo com os pais, a quem ela despreza de todo o coração.

Desde que chegou a Santa Rosa, René se transformou numa menina taciturna e eremita e, aos doze anos recém-completados, pensa, com o lapidário exagero que por vezes caracteriza as meninas de sua idade, que jamais conseguirá se adaptar à vida dessa cidadezinha litorânea com vãs pretensões de ser uma cidade cosmopolita. Nascera na Base Marambio, refundação da Capital Federal na Antártida após o naufrágio definitivo de Buenos Aires, e lá viveu até os dez anos, quando seu pai, Nano Racedo, importante agente virofinanceiro, foi realocado pela empresa para quem trabalhava no Caribe Pampiano. O pai explicou a ela mil vezes seu trabalho e por que, apesar da obstinada recusa da menina, era necessário que se mudassem de Base Marambio para Santa Rosa. Basicamente, Nano Racedo se dedicava a identificar vírus desconhecidos e a avaliar seu potencial financeiro. Trabalhava na Influenza Financial Services (subsidiária do conglomerado AIS), importante empresa de serviços para grandes investidores que calculava a probabilidade do aparecimento de novas pandemias e monetizava seus efeitos por meio de diversos instrumentos e pacotes de ações. Como explicou a René, com o desmatamento total da Amazônia e das florestas da China e da África, irrompiam todos os anos, transportados por animais silvestres e insetos que haviam perdido seu habitat, centenas de milhares de vírus sem registro. Inoculados em fazendas superlotadas com galinhas, porcos e outros animais industriais, esses agentes infecciosos sofriam mutações e desencadeavam novas pandemias zoonóticas, que eram rapidamente transformadas pela Bolsa de Valores do Pampa em inestimável fonte de especulação. A empresa na qual seu pai trabalhava teve a sacada de produzir o já famoso IVF (Indicador Vírus Financeiro), índice que, inserido por monumentais computadores quânticos, não só era capaz de determinar com 99,99% de eficácia quais desses vírus provocariam uma nova pandemia, mas também reunir as ações das empresas que se beneficiariam com os efeitos daqueles e oferecê-las ao mercado em pacotes que eram precificados e vendidos como pão quentinho. Apesar das perdas que causava em outros setores da economia, esse fértil mecanismo permitia que muitos especuladores canalizassem seus volumes monetários para o sucesso das doenças no desencadeamento de pandemias, transformando assim os vírus em ativos que geravam descomunais riquezas no mundo das finanças, uma vez que todos os anos centenas de novas doenças zoonóticas chegavam ao mercado, patrocinadas por empresas que rentabilizavam os seus efeitos por meio de tais instrumentos. Assim, fundos de investimento como o Influenza Financial Services ou seu maior concorrente, Ebola Holding Bank, foram os mais beneficiados por esse fenômeno, com extraordinários retornos no mercado de ações, que inauguraram uma era de ouro para as virofinanças, das quais praticamente toda a economia passou a depender. E, como era de se esperar, Nano Racedo, gerente virofinanceiro da referida empresa, recebia somas milionárias por sua brilhante gestão desses pacotes. Morava num espetacular loft em Puerto Madero Antártico com sua esposa, que na época era executiva de marketing do Grande Cruzeiro de Inverno. Foi lá que nasceu René, que relembra com sonhadora nostalgia sua infância de pompa e esplendor na "Base" (como era carinhosamente chamada a Base Marambio): idas ao teatro ou ao museu com suas amiguinhas pela avenida Nueva Corrientes, passeios pelas estreitas ruazinhas de paralelepípedos de Nuevo Palermo, onde comiam lanches ridiculamente caros e com cardápios inexplicavelmente escritos em inglês, e, aos domingos, tardes inteiras passeando pelo Jardim Antártico Japonês, pelos impressionantes lagos e suas pontezinhas em arco sob os floridos jacarandás com flores violetas, que, embora a canção entoasse azul-celeste, sua memória furiosa recordava como um roxo mutante, quase incandescente...

Agora, na monótona metrópole de praias e arranha-céus e do sol escaldante e exagerado que era Santa Rosa, essas memórias pareciam menos que um sonho, mas um sonho vívido e extraordinário, que mergulhava René em angustiantes noites de insônia e em furiosos ressentimentos contra quem lhe tinha causado perda tão irreparável, ninguém menos que seu pai.

Nano Racedo tentou manejar o melhor que pôde para atenuar a fúria caprichosa da filha. Segundo explicava, não lhe restava outra opção senão a mudança, pois corria o risco de perder o emprego que dava comida e sustento a toda a família. A empresa, de um dia para o outro, exigiu que ele se mudasse para Santa Rosa. A razão, de caráter urgente, era investigar o vestígio de uma suposta mutação do vírus da dengue, que estaria se desenvolvendo num horrendo caldo de mosquitos mutantes no Canal Interoceânico do Pampa, e que, se identificada e monetizada a tempo (isto é, antes do Ebola Holding Bank fazê-lo), resultaria numa vantagem milionária para a empresa.

Além disso, acrescentava o pai, como é divertido e gratificante viver à beira-mar!

O Caribe Pampiano, e sobretudo na praia exclusiva do complexo de arranha-céus onde moravam, oferecia tantas diversões, como surfar, andar de jet ski, de barco ou simplesmente tomar um lindo banho de sol mergulhando os pés em quentes e transparentes águas...

Contudo, para René, estas razões eram uma conversa fiada inconsistente, que apenas deixavam claro que o seu pai era um egoísta imperdoável, um megalomaníaco desprezível que sacrificara a felicidade e o bem-estar dela e de sua mãe pela ambição ególatra de ganhar ainda mais grana do que já tinha e continuar galgando posições na empresa. A mãe, aliás, devido à mudança, teve que deixar o emprego na Base Marambio, pois não poderia realizá-lo a distância, sem outra saída a não ser dedicar-se em tempo integral ao papel de esposa e dona de casa.

Para René, com a arrogância que às vezes caracterizava os habitantes da Base, Santa Rosa era uma cidade decadente, um infecto balneário provinciano. Ria sem hesitar na cara de quem ousasse chamar aquele buraco no cu do mundo de "cidade". Acontece que, construída vertiginosamente ao ritmo do *boom* turístico e financeiro que a região vivia após o degelo, Santa Rosa era um desajeitado entrelaçamento de rodovias que se enroscavam e se estendiam sem qualquer qualidade ou graça por toda a extensão do mar do Pampa. Mas para além da infraestrutura a serviço do turismo, fora as praias perfeitamente aterradas pelos mais destacados geoengenheiros, o Caribe Pampiano era um imundo lamaçal putrefato que ainda sentia o impacto de todo o veneno acumulado por séculos de pesticidas e intensificação da monocultura. René e seus pais, como quase toda família abastada, viviam em um condomínio fechado, completamente desconectado das regiões poluídas e do enxame barulhento de carros e estradas. E embora esse condomínio fosse um dos mais exclusivos e mais bem localizados da cidade, qualquer atividade que não fosse ir à praia ficava a longas horas de carro, e a independência conquistada por René na Base Marambio, andando de metrô com suas amigas, tinha sido perdida e fazia com que ela se sentisse uma garotinha boba que dependia de papai e mamãe, já que Santa Rosa carecia de um centro urbano heterogêneo como a Base, e tudo se espalhava pelo indefinido e quente deserto de suas monótonas rodovias.

Por outro lado, por ser anglófona (já que na maioria das colônias inglesas da Antártida a língua oficial era o inglês), outro motivo para abominar Santa Rosa era o idioma. Embora René tenha começado a aprender espanhol na Base, possuía apenas um conhecimento elementar e engessado que, embora fosse suficiente para se fazer entender e cumprir as exigências da escola, não tinha a espontaneidade e a fluência das gírias infantis que as outras crianças compartilhavam, que, ainda por cima, por insegurança ou arrogância, considerava uns caipiras, e a quem não estava interessada em conhecer ou fazer amizade. O ambiente doméstico também não era propício à adaptação à nova cidade: o pai, que trabalhava freneticamente o dia todo, não registrava as necessidades da filha e, quando a reencontrava, tarde da noite, estava ocupado demais brigando com a mãe ou finalizando trabalho atrasado. Assim, a "chupeta eletrônica", como chamavam o Pampatronics em casa, foi a única atividade que René encontrou para entreter suas horas e dias.

Quando René se reconectou ao jogo, já era dia e o ataque havia terminado. De mau humor por ter perdido a oportunidade de continuar matando Índios e assim ganhar mais pontos, correu apressada para abrir seu açougue, pois era o dia em que lhe traziam os *chinchulines* e os miúdos. René, que no jogo era umu elfo de cinquenta anos,* havia escolhido a profissão de pescadoru, sem saber que naquela época o Pampa não tinha acesso ao mar. Como se decepcionou, percorrendo horas e horas o mapa com o anzol e as minhocas, procurando um porto

* A versão original de *Cristãos vs. Índios*, cabe esclarecer, tinha acréscimos especiais, como poder ser elfo, orc, gárgula ou duende. Us elfos, por sua vez, não eram masculinos nem femininos, mas tinham gênero próprio, gramaticalmente identificado com a desinência "-u".

para pescar nem que fossem algumas *mojarritas*! Mas naquela época, para seu espanto, umu pescadoru no Pampa teria sido mais inútil que um duende sem feitiços ou um orc sem sua pesada clava, e não havia nem vestígios no Pampa do videogame das espetaculares praias que séculos depois inundariam aquelas infinitas e solitárias planícies. Assim, como os pescadores iniciantes tinham algum conhecimento no uso das facas, René decidiu se tornar açougueira e abrir o seu próprio açougue na pequena e desolada cidadezinha fronteiriça onde nasceu. Mas o açougue que René planejou não era como qualquer um daqueles que lotavam a ordinária e ventosa cidadezinha onde passava os dias. Depois de um tempo jogando *Cristãos vs. Índios*, René descobrira que todos os matadouros do jogo, não importava o povoado ou cidade, sempre, ao abater as vacas, guardavam apenas a carne e jogavam fora o restante, ou seja, as preciosas entranhas, desperdiçando quilos e quilos de potenciais mercadorias (*chinchulines*, tripa, moela, cérebro, rim e bucho, entre outros valiosos órgãos e cartilagens) que, devidamente exaltadas com as adequadas estratégias de marketing, teriam rendido milhões. Como eram deliciosos os crocantes *chinchulines*, temperados com umas gotinhas de limão! E práticos, ainda por cima, porque, ao contrário dos cortes injustamente mais populares, como a costela ou a fraldinha, não havia necessidade de esperar longas e penosas horas junto à grelha, já que os miúdos eram feitos rapidamente, um lado e depois o outro, otimizando o tempo de descanso e aproveitamento do churrasqueiro, sem contar seus incalculáveis benefícios à saúde, já que os *chinchulines* tinham vitaminas A, B e D, além de serem ricos em minerais como ferro, fósforo, potássio, zinco, e até selênio e ômega 4... Contudo, devido à formidável ignorância do povo, açougueiros acabavam distribuindo esses preciosos cortes aos Índios, que iam aos açougues mendigar, e que os batizaram de "achuras", porque em quíchua, a língua dos bárbaros, essa palavra significa "compartilhar". E, certamente, se essas vísceras tinham tão pouca reputação e demanda, era porque estavam associadas à tosca dieta do Índio. Uma grande injustiça gastronômica que, especulava René, seria reparada quando a Campanha do Deserto finalmente exterminasse todos os infames aborígenes e, rapidamente, a absurda ligação dessas iguarias com o vulgar paladar indígena se dissolvesse, como tudo o que é sólido, no ar.

Assim, "Achuras René", como era chamado o seu negócio, sem nenhuma sombra de competição em todo o universo de *Cristãos vs. Índios*, e com as estratégias corretas de marketing e *branding*, transformaria os miúdos na iguaria mais cobiçada, uma requintada gostosura saboreada pelos mais exclusivos fazendeiros do videogame, e isso faria de René umu elfo milionáriu, u mais ricu de todo o pampa. Já tinha pensado, aliás, em algumas dicas para incluir nas embalagens dos produtos, como amaciar o bucho no leite antes de assar, ou algumas receitas: *chinchulines* ao roquefort, rim aos quatro queijos, moelas ao vinho tinto, raviólis de cérebro...

A estas ideias e elucubrações, como dizíamos, entregava-se, enquanto fatiava e empacotava as tripas que a carroça deixara no balcão do açougue, quando, de repente, foi interrompidu por gritos:

— Um ataque!

— Ataque à vista!

— Os Índios se aproximam!

Os Índios voltavam e sitiavam o povoado.

Com as mãos ainda pingando sangue, René pegou a espingarda e montou em seu cavalo. Atiçou o animal e, após se afastar rapidamente da área urbana, chegou ao deserto e silencioso pampa, cujo sol cedia e já começava a dar sinais de um novo entardecer. Não muito longe dali, atrás de um bosque, viu espessas nuvens de fumaça que se dissolviam em espirais preguiçosas, e pensou ouvir algum murmúrio. Desmontou e aproximou-se furtivamente, absortu, sem fazer barulho, até que, aguçando o olhar, avistou-os acolá: entre as árvores, um bando de Índios preparava uma fogueira. Estavam assando alguns miúdos.

Índios cuzões!

Era evidente que aqueles Índios, no jargão do jogo, eram "bichinhos de pelúcia", ou seja, jogadores iniciantes, já que ninguém em sã consciência interrompe a investida de um ataque do nada, e muito menos para fazer um churrasco, cuja fumaça e cheiros revelam facilmente a posição do jogador no mapa. Mas aqueles incompetentes tinham cedido à gula de grelhar uns bons *chinchulines* ou talvez umas moelas (daquela distância não dava para saber direito), que teriam mendigado num dos açougues que concorriam com "Achuras René" e que, em vez de venderem as entranhas bovinas, como elu pretendia, as distribuíam de graça.

Índios cuzões!

Parados ali, churrasqueando como se nada, eram bucha de canhão, bichinhos de pelúcia entrando no abatedouro. Apontou a mira e firmou o dedo manchado de graxa e sangue no gatilho. No entanto, apesar de já mirá-los entre as sobrancelhas, uma inesperada morbidez ou uma curiosidade inexplicável impediu elu de disparar e, ao apontar, preferiu esperar primeiro que comessem, para ver como se deliciavam e gozavam ao devorar o churrasco.

Aquelas bestas, de cabelos compridos e peito nu, extirpavam diretamente com as mãos daqui e dali alguns bofes ensanguentados da carcaça podre. Em evidente estado de transe, esfregavam aquele unto bovino por todo o corpo, enquanto dançavam desajeitadamente e riam, e o sangue negro que se derramava, que formava um lodo imundo ao se colocarem os órgãos na grelha, eles lambiam diretamente do chão e depois ainda chupavam os dedos.

Pareciam se embriagar, aqueles Índios, com o néctar que lambiam e a gordura das vísceras chamuscando, espirrando e perfumando seus corpos, até que, quando as gordas tripas ficavam suficientemente escurecidas, assim mesmo, sem pão nem garfo, eles as tiravam direto do fogo, com as mãos, queimando os dedos e depois a língua, sugando *chinchulines* como se fossem espaguetes de gordura, mastigando apressadamente com a boca aberta e cuspindo os nacos mais queimados.

René sentiu um ódio profundo, e a impotência de vê-los comer como selvagens a preciosa mercadoria que conseguiram de graça, e que da qual elu queria obter lucros, u irritou ainda mais. Eram nojentos.

Índios cuzões!

Lá estavam eles, cagando, diante dos seus próprios olhos, para elu, para o negócio delu, transformando a refinada e singular mercadoria em caviar para as bestas.

Índios cuzões!

Não lhe restava escolha a não ser exterminá-los. Instalou-se entre os cardos secos daquelas vastas solidões e, aproveitando o fato de os flagrar indefesos, saboreando sua guloseima carnuda, sentou o dedo no gatilho.

Disparou:

Acertou na perna! 400 pontos!

Disparou:

No meio dos olhos! 900 pontos!

Disparou:

Arrancou o nariz! 680 pontos!

Disparou:

Bem no intestino! 140 pontos!

Disparou:

Na artéria carótida! 630 pontos!

Disparou:

Perfurou um pulmão! 522 pontos!

Disparou:

Bem no fígado! 378 pontos!

Já havia eliminado três deles, e montou no cavalo para perseguir os que fugiam. Nesse momento, um letreiro anunciou o avanço na tabela classificatória:

7. DuendeCriollo...3000	50,470 pontos
8. DruidaGu@r@ní	49,678 pontos
9. René Racedo	49,575 pontos
10. Fu3g1a B@sk3t	47,308 pontos
11. Joe...2262	47,243 pontos
12. TiTo LiVi0	46,970 pontos

Subiu para a nona posição!

3.650 pontos em menos de um minuto!

Com a motivação que esse novo feito lhe proporcionava, perseguiu ainda mais rápido os Índios fugitivos, e estava tão animadu com a matança e a escalada no ranking, que em nenhum momento percebeu, fora do videogame, os gritos e reclamações de seu pai, que parecia possuído por uma furiosa explosão de raiva.

Tirou o capacete de realidade virtual para ver o que estava acontecendo.

Pai cuzão!

Ele reclamava de alguma bobagem do trabalho. Aparentemente, o novo vírus da dengue, aquele que o pai viera identificar e monetizar, havia se desenvolvido prematuramente, e por isso o patrão estava caindo de pau nele.

Pai cuzão!

Bem no momento mais importante do jogo, quando estava fazendo alguns Índios cagarem fogo, ele veio interrompê-lu, e com aquelas bobagens. Voltou a enfiar o capacete, mas conseguiu ouvi-lo gritar algo sobre a babá, que ainda não havia chegado:

— Será que foi algum problema com o filho retardado? Aquele filho mongoloide e monstruoso que ela tem?

Não prestou atenção nele e continuou dando um pega pra capá nos Índios. Dava para perceber que eram bichinhos de pelúcia, pois, apesar da vantagem que tinham levado com sua pausa no jogo, em poucos minutos os alcançou de novo e, a poucos metros de distância, disparou:

Estourou os miolos! 700 pontos!

O Índio caiu sem vida do cavalo e rolou no chão como um saco de batatas.

E agora só faltava matar um, que continuou perseguindo e mirou, quando uma estranha presença em sua cabeça, não a de elfo, mas a outra, um forte incômodo que zumbia e não conseguia decifrar bem o que era, u perturbou. Houve mais gritos, mas já não conseguia mais distinguir se eram dos Índios ou se vinham de fora do jogo. De qualquer forma, fosse lá o que fosse, não podia se desconectar outra vez, não podia deixar escapar aquela última presa, pois estava ali, a poucos metros de distância, com a mira na sua cabeça, e então meteu com firmeza seu dedo pegajoso de sangue e graxa no gatilho para disparar.

E disparou.

A menina dengue

Quando a menina dengue chegou ao Distrito Financeiro de Santa Rosa, ficou impressionada com a altura monumental dos arranha-céus e com o ir e vir frenético dos funcionários de escritório em direção a um verdadeiro nada. É claro que, durante sua breve e infantil vida, a menina dengue não conheceu nada além do barraco de lata em que morava com a mãe e da precária construção de tijolos vazados da escola que frequentava diariamente. Até aquele momento, o turbilhão da cidade grande, suas luzes estroboscópicas e o rico luxo dos hotéis e edifícios gigantescos lhe haviam sido proibidos. Ela pensou em como sua mãe deveria se sentir humilhada ao ver a diferença entre o moribundo barraco onde moravam e a opulência daquela rica cidade.

Foi nesse momento que se lembrou do motivo de ter ido para lá.

Levantou voo e parou bem na porta do imponente e emblemático prédio da Bolsa de Valores do Pampa, uma infinita torre de vidro que anunciava em sua cúpula os índices das ações das empresas mais respeitadas e mais bem cotadas da planície argentina. Era nessa prestigiada instituição financeira que sua mãe trabalhava durante a semana, limpando o mijo e a bosta dos funcionários de escritório e dos corretores que, absortos na especulação numérica de ações e ativos, nem sequer tinham consciência da sua miserável existência.

De repente, sobrevoando o saguão dessa magnífica torre, coberta até o teto por enormes telas que anunciavam intermináveis torrentes de dígitos e porcentagens, a menina dengue entendeu por que sua mãe havia lhe dito que as pessoas que ali trabalhavam eram chamadas de *corre-tores*. Esses homens muito apresentáveis, bem-vestidos e frenéticos, sem nunca parar de olhar as telas que revestiam a sala, corriam de um lado para o outro em todas as direções, sem qualquer propósito ou objetivo, como partículas de um gás jorrando de maneira louca ou vacas se atropelando mutuamente antes de entrar no matadouro, mas o mais peculiar de tudo, pensou a menina, era a cara deles: enquanto contemplavam o espetáculo maluco do fluxo de algarismos que para a menina dengue eram o mesmo que chinês, o rosto dos corretores, como se um sistema de nós transmitisse eletricidade por seus músculos ao ritmo furioso das cotações cambiantes, contraía-se e dilatava-se em caretas indecifráveis, tão grotescas que a menina dengue não conseguia entender se eram de horror ou prazer, como se estivessem sucumbindo numa lama pantanosa em supremo horror e frenesi, e que lhe lembraram violentamente as truculentas gargalhadas de seus coleguinhas quando zombavam dela no refeitório da escola:

— Ei, dengue boy, sua mãe sabe costurar? – um deles lhe perguntava, olhando com cumplicidade para os outros dez ou doze que se aglomeraram em volta da mesa assim que ele (naquele momento um menino) se sentava para saborear seu insípido prato de ensopado no refeitório da escola. Vale esclarecer que o (naquele momento menino) dengue, devido ao seu desproporcional e horrendo torso do qual saíam as asas como um vômito, nunca arrumou um jaleco escolar, uniforme típico das escolas primárias, que servisse à sua anatomia peculiar, portanto a única forma de obter o vestuário regulamentar era com um alfaiate que o fazia sob medida. Mas esse serviço (nem é preciso dizer) era tão caro que a mãe só tinha o suficiente para um único jaleco por ano, jaleco que a pobre mulher pagava em sufocantes prestações durante longos meses, e portanto o jaleco, especialmente confeccionado para a sua repulsiva aparência, era a única roupa que o (naquele momento) menino usava invariavelmente de segunda a sexta-feira, e neste último dia, já à tarde, o entregava cuidadosamente dobrado à mãe para lavar, perfumar e passar. E apesar de ambos, a mãe e o (naquele momento) menino, tratarem o uniforme como o mais precioso bem compartilhado, inevitavelmente, com o passar dos meses, as fibras do tecido revelavam o desgaste e o inevitável desmantelamento da matéria. E sabe-se lá por que, se pela época do ano (isso foi em novembro, pouco antes dos acontecimentos agora narrados), se porque acabava de chegar da aula de educação física, ou talvez pelo ângulo específico com que a luz opaca e esbranquiçada das lâmpadas do refeitório batia no seu corpo, vai saber!, naquele dia o jaleco do menino dengue parecia particularmente esfarrapado e puído. Do tecido amarelado surgiam manchas numa ampla paleta de marrons e verdes, mas era sobretudo nas mangas e nos bolsos onde se destacavam os indisfarçáveis vestígios de erosão, uma espécie de teia de aranha com bolinhas que brotava do tecido graças ao excesso de atrito com sabão ou detergente. Mas o mais infame (afinal, até aí o jaleco não era muito diferente do de qualquer outro dos garotos miseráveis) eram os buracos, como se houvesse uma jazida de petróleo nas costas e um exército de máquinas não tivesse deixado um único poço sem perfurar, ou como se, numa vingança coletiva das espécies, um esquadrão de traças famintas (mais famintas que os meninos devorando um ensopado) tivesse atacado até a última fibra do saboroso uniforme, transformando a roupa da pobre criança num imundo e rasgado trapo.

Daí que, naquele momento, a atenção do refeitório inteiro estava voltada para a aparência esfarrapada do inseto.

— Ei, dengue boy, sua mãe sabe costurar ou não?

O canalha perguntava novamente, dando risadinhas, diante do doloroso silêncio do (naquele momento) menino, que sorvia entre lágrimas o ensopado sem gosto enquanto olhava os fios que pendiam de suas imundas mangas cor de merda, além de um ou dois botões soltos e, lá com seus botões internos, mastigava uma resposta que não chegou a dar. Porque quando estava para sair de sua boca uma boa resposta, censura ou talvez até um corte, o outro, já pronto, o interrompia com o premeditado jogo de palavras:

— Assim, desse jeito todo esfarrapado, é claro que sua mãe não sabe costurar... mas se tem uma coisa que ela entende bem é *cutucar*: deixar aquele tremendo moscão rasgar bem o cuzinho dela pra você nascer, seu inseto imundo, maltrapilho e nojento!

Imediatamente, como chamas alimentadas por um jato de querosene, o refeitório inteiro caiu na gargalhada, rá rá rá! rá rá rá! rá rá rá!, um rugido rítmico como uma explosão de trovões que soterravam a menina dengue numa névoa de pesadelo de uivos e feridas animais e estupidez, uma suprema nebulosa, sim, na qual a aritmética do riso se confundia num único e impreciso mugido, e que impedia a menina dengue de perceber que não estava mais num porão mal iluminado e fedorento de sua escola em Victorica, mas no magnificente saguão da Bolsa de Valores do Pampa, onde os corretores de terno gritavam em viva voz a alta desproporcional das ações em um dia inesquecível de quebra de recordes:

— E o vírus da encefalite paraguaia sobe, sobe, sobe!

— Está subindo mais que peido de mergulhador!

E então, olhando com excitação para os novos indicadores, um deles enfiou nas narinas uma espécie de garfo embebido em benereoTT, enquanto se remexia ruidosamente e gritava:

— Vida longa à baixa imunidade do povo!

— Vida longa à magnífica Bolsa de Valores do Pampa!

O que a menina dengue não sabia era que, na verdade, aqueles corretores estavam comemorando que o valor das ações da encefalite paraguaia disparava em nível recorde e nunca antes visto, pois havia poucos minutos comprovara-se que esse agente infeccioso, originado recentemente no Paraguai, provocou um forte surto em Angola, e em menor escala no Zimbábue e no Gabão, e por isso esses países africanos logo teriam urgente necessidade de adquirir vacinas, medicamentos e outros insumos e serviços associados à doença.

A menina dengue, ainda sobrevoando nas alturas, ao sair do devaneio com a confusão daquelas pessoas comemorando uma doença, dirigiu seus omatídeos para a enorme sala onde os corretores gritavam e riam às gargalhadas. Aqueles especuladores tinham se aglomerado no saguão para observar, entre gritos e celebrações atônitas, como as ações da encefalite paraguaia subiam até o céu e para as nuvens e mais além.

— Subiu para cento e trinta e seis?

— Ou para duzentos?

— Para trezentos e vinte e seis pontos, senhores! Trezentos e vinte e seis!

Algo nunca visto antes, um aumento de 326% nas cotações em questão de segundos. O barulho era insuportável, e cada vez mais pessoas apareciam na sala, comemorando o acelerado aumento. A menina dengue, apavorada, calculou quantos corretores haveria no saguão absortos nas telas, um dois três, quatro cinco seis, sete oito nove, dez onze doze, treze quatorze quinze dezesseis, dezessete dezoito dezenove, vinte vinte e um, vinte e dois vinte e três vinte e quatro vinte e cinco, vinte e seis vinte e sete vinte e oito vinte e nove, trinta trinta e um trinta e dois, trinta e três trinta e quatro, trinta e cinco trinta e seis, trinta e sete trinta e oito trinta e nove, quarenta, quarenta e um quarenta e dois, quarenta e três quarenta e quatro, quarenta e cinco quarenta e seis, quarenta e sete quarenta e oito, quarenta e nove quarenta e, quarenta e..., aos cinquenta ela perdeu a conta e estremeceu, pois a menina dengue não só não tinha aprendido na escola a contar além da quarta dezena, mas, além disso, nunca tinha visto tanta gente junta em toda a sua vida (só os quinze ou vinte canalhinhas que se amontoavam no refeitório da escola). Sentiu um pânico atroz, que logo se confundiu com a fúria vingativa de uma incontrolável necessidade ou desprezo. Aqueles exultantes homens, tão elegantemente bem-vestidos, sem uma mácula ou arranhão nas camisas e paletós impecáveis, eram os mesmos que maltratavam sua mãe diariamente e que, apesar de ganharem obscenas quantias milionárias, a contratavam por uma ninharia que mal dava para um único miserável jaleco escolar que ele (naquele momento um menino) tinha que usar em farrapos o ano todo.

A menina, sim, a menina dengue, sentiu uma estranha febre que irrompeu de suas patas bicolores e lhe percorreu o abdômen esverdeado até as antenas grossas e peludas e de repente não tinha mais controle de si mesma. Diante de seu bico afiado, aqueles extasiados corretores da Bolsa se transformaram em nada mais do que suculentos pingos sanguinolentos, deliciosos pedacinhos de carne. Começou a picar. Primeiro este, com um sorriso nauseante e cara de quem dava encoxadas na sua mãe no banheiro, deu-lhe uma picada nas bolas; este outro, de andar altivo e arrogante e cara de quem a olhava com degradante desprezo enquanto a mãe limpava o vaso sanitário, picou-o na bunda; a este outro, com uma desagradável careta de arrogância e expressão de quem a invisibilizava por completo, falando ao telefone e jogando lixo no chão enquanto a mãe varria, ela o picou na pupila dos olhos; e a este último, que devia cochichar para sua mãe pelos corretores, sua índia mutante de merda, ela picou bem na língua. Assim, pacientemente, nas bolas, no cu, na pica, nos olhos, na língua, nas orelhas, ela acabou picando quantos, centenas?, milhares?, centenas de milhares? Dominada pela fúria e pela impiedade, perdeu a conta. A vingança, quando arde como fogo, é incalculável, ela dizia para si mesma, ou talvez calculável mas incontável?, perguntou-se, com inesperada acuidade filosófica, enquanto os corretores, absortos na febre do êxtase, ainda não registravam as, a princípio, imperceptíveis picadas.

Que não tardaram em surtir efeito.

De repente, os urros de gozo e alegria vindos do saguão da Bolsa transformaram-se num uivo de morte e sanguinolência, e os poucos que não sucumbiram à horrível epilepsia começaram o empurra-empurra em debandada na direção da saída, pisoteando cabeças e ossos que rangiam.

Em poucos minutos, um fluxo de vítimas se espalhou pelo concorridíssimo saguão da Bolsa de Valores do Pampa, corpos em caros ternos amontoados feito lixo e contraídos em convulsivos gestos que, como uma dança bestial, quase pareciam acompanhar o ritmo imutável das telas que piscavam, despejando números vermelhos ou verdes de acordo com o constante vaivém das cotações que subiam e desciam ou desciam e subiam ou desciam e desciam e desciam em uma espiral em cascata em um precipício vértice reto um raio:

Bum!

Foi assim que começou o grande crash de 72 da Bolsa de Valores do Pampa!

Por causa de um mosquito!

De uma mosca-morta!

Inseta monstruosa e imunda, que inoculou uma mutação da dengue altamente contagiosa, desconhecida e sinistra, que inseminou pânico e terror nos ânimos financeiros de um dos paraísos capitalistas mais florescentes de toda a Terra e sua órbita espacial!

A menina dengue, ao contemplar o horrível massacre que acabara de causar, não encontrou palavras para expressar a repulsa ou o espanto ou mesmo a felicidade que sentia, apenas sentiu o sombrio e saboroso retrogosto que pendia de seu bico, enquanto as telas salpicavam números igualmente sangrentos. Uma fugaz intuição passou por suas anteninhas: a partir de agora, os veículos de expressão humana seriam insuficientes para comunicar sua experiência. Bzzz, bzzzz, bzzzzzz: monótonas onomatopeias, ou apenas meros ruídos incômodos, eram para a tola humanidade o zumbido guloso de suas antenas após o banquete de água de espada (segura essa aí, Borges)* que acabava de mandar

* Menção ao conto "O espelho e a máscara", de Jorge Luis Borges. [N. *do* T.]

para dentro. O prazer frenético que se empanturrar de suculentos de corretores da Bolsa lhe proporcionou, com nomes ou verbos, era indescritível, uma inominável sensação de plenitude que congelou seu corpo numa zona muda e talvez neutra que impediu que percebesse o monstruoso caos que acabara de causar no fluxo animado porém calculado de funcionários de escritório pelo distrito financeiro de Santa Rosa: gemidos aterrorizados, perplexos, dos operadores financeiros, não sabemos se lamentando mais o rastro de cadáveres no chão ou o imperturbável espetáculo dos gráficos anunciando em pouco menos de segundos as cotações das empresas mais poderosas reduzirem seus valores para números nunca antes vistos.

A menina dengue, alheia a essa catástrofe financeira, pensou apenas que um dos seus objetivos do dia já havia sido cumprido e se concentrou no próximo: a casa de Nano Racedo, onde sua mãe trabalhava como babá. Conferiu o papelzinho com o endereço e, com seu característico e insuportável zumbido, preparou-se para voar em direção a Villa Martita, um dos bairros mais exclusivos de Santa Rosa, onde morava o tal Nano Racedo com sua esposa e sua filhinha.

Enquanto voava, a menina dengue ficou impressionada com a esplêndida paisagem das vertiginosas e infinitas praias de Santa Rosa: aqui, ao contrário de Victorica, onde a planície inundada pelo degelo antártico semeou pútridos lodaçais, imundos miasmas de lama podre cheia de todo tipo de roedores e insetos, aqui, no entanto, a extensa planície foi aterrada com monumentais carregamentos de areia finíssima e branca importada de longínquos confins asiáticos, o que deu ao Pampa sua emblemática aparência caribenha. A água, também processada com tecnologia de ponta, não cheirava mal, e sua cor, cristalina com notas turquesa e azul, tornava irresistível o mergulho ou o passeio de jet ski, lancha ou veleiro. Nestas enormes extensões planas de areia coral que se perdiam no horizonte, pensou a menina dengue, era impressionante admirar os quilômetros e quilômetros de fileiras de espreguiçadeiras de variegadas cores que enfeitavam o azul da água e o marfim da areia numa pintura para pendurar na parede de casa. Espreguiçadeiras nas quais, imaginou a menina dengue, veranistas ou meros moradores de Santa Rosa tomavam um delicioso e refrescante drinque ou suco, deviam se espreguiçar naquelas espreguiçadeiras (daí, afinal, vinha tal nome) após um mergulho ou depois de jogar frescobol ou frisbee ou sabe-se lá o quê! É claro que não ela, que mal conseguia vislumbrar essas maravilhas do céu e que nunca havia nem chegado perto.

Este esplêndido espetáculo se estendeu pelos poucos quilômetros que a menina dengue voou até Villa Martita, bairro privado com acesso exclusivo ao mar, aonde chegou para realizar seu magnicídio.

Se a menina dengue algum dia tivesse vislumbrado os contornos do paraíso, nunca lhe teria ocorrido que os benefícios e luxos da Villa Martita fossem possíveis. Claro, tendo vivido a sua curta e miserável existência num barraco de lata com piso de terra, num bairro que em vez de praças tinha lixões imundos de carros abandonados e entulhos que eram morada de ratos e baratas e o único sinal do mar era o fedor da pútrida imundície que vinha do porto, a perfeição urbanística deste bairro com acesso ao mar do Caribe lhe parecia inconcebível. Os enormes arranha-céus de mais de quatrocentos andares, dispostos geometricamente como peças de dominó, repousavam seu hierático reflexo no infinito oceano transparente. A menina dengue foi descendo entre tais prédios até a praia, onde havia uma enorme orla, uma faixa de grama verde com palmeiras e árvores de vários tipos, onde os proprietários ou inquilinos do bairro saíam para correr ou caminhar, e onde havia abundantes áreas de parquinhos infantis com grande variedade de escorregadores, caixas de areia, gangorras, túneis e outras complexas disposições geométricas que a menina dengue nunca tinha visto em toda a vida, mas onde os pequenos entravam e engatinhavam ou se penduravam entre risadas, sob o olhar atento de suas babás. Foi ali que se deteve e seus omatídeos (não sem inveja) focaram. Pois era ali, naquela pracinha de fascinantes diversões infantis, onde certamente sua mãe, apesar de nunca brincar com ele, uma vez que, em vez de praça, como dissemos, tinha um lixão de baratas e ratos, levava a filha de Nano Racedo para passear. Dezenas de crianças rindo e gritando, descendo pelo escorregador ou subindo em brinquedos de obstáculos ou catando areia com balde e pá, sob o olhar atento de suas babás. Era evidente que essas mulheres que acompanhavam as crianças, pela textura da pele, não eram suas mães: enquanto nessas mulheres havia escamosas protuberâncias nos braços, resultado das longas horas sob o sol radioativo, as crianças que brincavam protegidas pelo painel solar do seu bairro privado desfrutavam de uma epiderme perfeita, branca e muito macia. A menina dengue se perguntou (não sem culpa) se alguma daquelas mulheres poderia ser mãe de seus coleguinhas da escola e se teria ouvido falar do massacre, enquanto seus omatídeos seguiam uma delas, que segurava pela mão um menininho de sunga e boia em direção à esplêndida praia, cuja finíssima areia coralina se dividia em duas, a área dos jet skis, lanchas e barcos, e a outra, a área dos banhistas, onde a mutante levava pela mão o menininho, e onde também certamente sua mãe devia levar a menina (não ela, mas a outra) para dar um mergulho.

Ali a menina dengue lembrou qual era o seu objetivo e voltou a olhar ao amarrotado papelzinho onde havia anotado o endereço. Era na rua 17 com a avenida M..., no 367º andar de um imponente arranha-céu vertiginoso onde o tal Nano Racedo junto com sua esposa e filhinha a esperavam.

Para evitar os seguranças na portaria ou algum indesejado obstáculo no elevador, decidiu que o mais simples seria invadir o apartamento, zumbido e voo, por uma de suas janelas. Afinal, não era assim que os mosquitos invadiram as casas desde tempos imemoriais, para incomodar os seus donos e lembrá-los mais uma vez de que o que consideravam mais seu, a sua intransponível epiderme proprietária, na realidade já era atravessada por formas incontroláveis e precisamente por isso insuportáveis do que é vivo? Subiu pacientemente (estimou que dez andares por minuto, já que voar para cima sempre lhe custou mais esforço) em direção ao elevado objetivo. Daquelas alturas, contemplar o horizonte produzia uma deslumbrante vertigem, pois a imensidão do céu enevoado se confundia com o oceano pampiano, e assim se perdia toda a proporção da rede sonora de baixo e à esquerda e de cima e à direita, de modo que decidiu que era melhor não desgrudar seus omatídeos da parede durante a subida. Ao chegar ao 367º andar, espiou pela janela o que parecia ser a sala da luxuosa residência. Na poltrona pôde ver sentada a esposa, que olhava o emburrado Nano Racedo andando de um lado para o outro. Atrás, a televisão no volume máximo exibia imagens da chacina em que se transformara o bairro financeiro de Santa Rosa. A manchete vermelha informava:

CRASH NA BOLSA: VACINAS FALHAM
NA PRODUÇÃO DE IMUNIDADE CONTRA
VÍRUS DESCONHECIDO E AÇÕES
DESPENCAM

Em meio a tudo isso, ouviu um grito mal-humorado:

— Onde caralhos está a negra índia mutante?

Quem falava era ninguém menos que Nano Racedo, que sem dúvida com esse epíteto aludiu à sua mãe. Claro, lembrou a menina, certamente sua mãe, em vez de iniciar sua jornada de trabalho como previsto para aquela noite de sexta-feira a fim de atuar como babá durante todo o fim de semana, teria ido com urgência testemunhar a pilha de cadáveres que sua filha havia amontoado na colônia de férias, e ela devia ter ficado tão impressionada com a magnitude da tragédia que esqueceu de avisar aos patrões sobre sua indesculpável ausência. Para piorar a situação, a infeliz notícia que a televisão transmitia só podia multiplicar a impotência e a frustração de Nano Racedo, que, gozando do prestigiado cargo de gestor virofinanceiro da Influenza Financial Services, assistia ao vivo e em cores como sua empresa entrava em retumbante colapso. E o compassivo empresário não tinha nem a possibilidade de correr até a sede da empresa para traçar um plano de salvação com seus subordinados (vale esclarecer, porém, que o plano original, sendo sexta-feira à noite, era ir ao cinema com sua mulher, plano que já estava implícita e totalmente descartado), uma vez que a funcionária inadimplente, após três horas do seu cronometrado horário de chegada, não chegava nunca para cuidar de René, a filhinha.

— Será que ela teve algum problema com o filho retardado?

Perguntou o pai em sinal de pesar, sem nenhum tipo de ressentimento ou crueldade com a menina dengue (na verdade, além de vagos rumores sobre sua aparência imunda, não sabia quem ela era e muito menos se importava), mas sim procurando francamente por uma explicação para a primeira e incompreensível falta de sua empregada após longos anos de fiel e incondicional serviço.

— Será que ela teve algum problema com o filho retardado? Aquele filho mongoloide e monstruoso que ela tem? – frisou novamente, caso o conceito não tivesse ficado claro.

Mas foi justamente o título de “retardado” que despertou o sutil veneno da menina. De repente ela se lembrou de que, em sua vida passada em Victorica, por não depender das contingências do trânsito para voar até a escola, era invariavelmente a primeira a chegar à sala de aula, onde esperava imóvel na porta por longos minutos, às vezes horas, sem saber o que fazer com sua corporalidade desenfreada, até aparecerem seus cruéis coleguinhas e ter que fingir um sorriso e uma cerimoniosa saudação, um transtorno que os bem-constituídos ou os pouco pontuais ignoravam, e que sempre lhe causou uma horrível ansiedade social, uma fobia sufocante com a qual não sabia lidar, e que finalmente resolveu passando a atrasar de propósito sua chegada aos lugares, numa controlada simulação de atraso, consciente desperdício do tempo, que conquistava ao voar estupidamente em círculos como uma mosca sobre a escola, retardando, assim, sua descida dois ou três minutos antes do horário de início da aula. E era de fato a necessidade de levar a cabo este deliberado "retardo" que ela por vezes considerava o seu defeito mais doloroso, ou pelo menos o ritual diário que revelava aos seus omatídeos dípteros a irredutível aberração que a separava dos seus coleguinhas e que a tornava, de fato, uma "retardada". Portanto, o fato de Nano Racedo ter pronunciado precisamente aquela palavra despertou velhas dores e alimentou novos fantasmas, que apenas lhe lembraram o porquê de ter vindo: vingar-se de todo o opróbrio que a humanidade havia infligido à sua infeliz figura. Decidiu que a melhor estratégia para empreender essa reparação seria estripar a filhinha bem na cara do pai.

Na mesma hora, ainda do lado de fora do prédio, ela se virou e foi até a janela que dava para o quarto da menina, René. Lá estava, serena e inexpressiva, como a estátua de um marajá oriental, conectada ao lendário Pampatronics.

Como ela desejou experimentar o Pampatronics nem que fosse só uma vez!

Aquele aparelho de realidade virtual era um verdadeiro mito entre as crianças de seu bairro, pois nem o salário de um ano inteiro de todas as mães somadas seria suficiente para comprá-lo. E ali estava René, impassível, como se nada, conectada ao sublime objeto do seu desejo, que nem em sonhos imaginaria ver tão de perto. A menina dengue rasgou o mosquiteiro da janela com o bico e se enfiou para dentro, fazendo um esforço hercúleo para controlar o zumbido das asas. Embora René parecesse tirar uma soneca, na tela era possível ver em primeira pessoa o que realmente fazia: enquanto cavalgava, bronze e sonho, perseguindo a tiros um grupo de Índios, o entardecer com seus dedos cor de açafrão agonizava como alguém que sangra no horizonte vertiginoso da vertical planície do século XIX. O íntimo desejo de vivenciar a visão daquelas irrecuperáveis paisagens antigas queimava seus cílios de inveja. Porém, ao se aproximar de René com a intenção de experimentar o Pampatronics, percebeu que o capacete com o qual ela acessava aquelas imemoriais geografias não era adequado às protuberâncias do seu crânio. Ao se aproximar de René e calcular se conseguiria pelo menos forçar os sensores do Pampatronics em sua peculiar cabeçona, um surdo grito de horror a trouxe de volta à realidade: eram Nano Racedo e sua esposa, que observavam horrorizados um mosquito gigante pousar sobre o doce corpo de sua filhinha:

— Que... que ca-caralhos é essa coisa? – o pai mal pôde balbuciar, gaguejando de tanto cagaço que tinha, enquanto se aproximava com uma vassoura na ponta dos pés, achando que assim o inseto não perceberia sua presença. Contudo, a menina dengue, já inteirada da intromissão graças ao seu olhar omatídeo, aproveitou que os convidados tinham aparecido prematuramente em cena. Rachou no meio o capacete da filhinha com uma só bicada e enterrou como uma picareta seu fio no crânio, uma, duas, três vezes, pulverizando o nariz e os olhos e fazendo do seu angelical sorriso mingau de imundas viscosidades, que salpicou tripa e gosma nas paredes e nos brinquedos e nas bonecas e no papai e na mamãe, que ficaram brancos como cera de vela e se desmancharam em tanta dor que nem gritar conseguiram. A menina dengue decidiu não prolongar o sofrimento daqueles desgraçados e aproveitou o gélido choque em que entraram para atacar e picar seus olhos, lábios, dentes, nariz, até estraçalhar a forma de seus rostos que virou uma cremosa massa com textura e cor de patê. Missão cumprida, pensou. E já se preparava para voltar pelo mosquiteiro por onde havia entrado quando os gritos vindos da televisão e as palavras "ovos" e "embriões" repetidas mil vezes despertaram sua curiosidade. Foi até a sala e ouviu a voz da televisão dizendo:

Em um dos piores expedientes da história da Bolsa de Valores do Pampa, quando parecia que as ações, após atingirem um recorde nunca antes visto, não poderiam cair mais, descobriu-se que das entranhas dos cadáveres epilépticos espalhados por Santa Rosa começavam a irromper ovos do tamanho de bolas de tênis, centenas de milhares, como um monstruoso caviar enegrecido. Assim se comprovaria a hipótese (afirmam os cientistas consultados pelo canal) de que esse vírus desconhecido desovaria nas suas vítimas tenebrosas criaturas ovíparas capazes de continuar a alastrá-lo...

A mente da menina dengue turvou-se de pânico e ela parou de ouvir: o que eram aqueles ovos na barriga dos corretores? Com a taquicardia que essa notícia tão inesperada lhe produziu (ela, antes criança, agora mãe?), voltou a toda velocidade pelas esplêndidas praias pampianas em direção à Bolsa de Valores, e baixou até a aglomeração sinistra de cadáveres empilhados. O cheiro de podridão da carne quase a derrubou, mas ainda mais intenso era o seu desejo de saber. E foi ali, ao se aproximar, em seu voo sibilante, do corpo já sem vida de um corretor da Bolsa, onde não foi necessário um meticuloso exame para localizar, entre o borbulhante ensopado em ebulição que eram aquelas tripas estouradas e em estranha locomoção de pegajosas gosmas violeta e pretas por efeito do misterioso vírus, algumas trêmulas bolas um tanto cilíndricas, com invaginações gelatinosas que abriam um enigmático buraco onde se escondia, sem dúvida, algo que, pelos movimentos bruscos e rápidos, por falta de palavra melhor, seria bem designado por essas duas graves sílabas:

vi-da.

Vida!:

A menina dengue, como quem é informada de um milagre tão lindo quanto inesperado que não consegue acreditar a menos que o compartilhe, olhou em volta. Reinava um pesado silêncio de tumba, todos mortos pela foice do seu bico. Mas como se falasse com fantasmas, inspirada nas rimas que seus coleguinhas de escola uma vez lhe infligiram, ela gritou:

— Queriam imunidade? Tomem aqui a sua imunidade!

A menina dengue compreendeu de repente que seu modesto sonho de vingar a mãe havia se tornado uma cruzada maior, que lhe permitiria açoitar a humanidade em escala planetária: se ela sozinha havia matado milhares de pessoas em apenas uma tarde, um exército de meninas dengue seria capaz de botar toda a espécie sob ameaça de extinção. De repente entendeu (também) que, para esse objetivo, o Caribe Pampiano era pequeno demais: a periferia do verdadeiro centro de poder da Terra se quisesse extinguir os humanos e o imundo sistema de governo que haviam criado, ela teria que atacar seu coração: o próprio Caribe Antártico, o verdadeiro centro financeiro do Sistema Solar, onde são gerenciadas as correntes políticas e econômicas que governavam o destino da humanidade e de todo o planeta.

Deixou os ovos quietinhos onde os encontrou e gritou para eles:

— Mosquitos, reinem sobre este mundo!

Despediu-se com emoção de sua prole e levantou voo, calculando lá do céu como as entranhas daquela multidão de cadáveres teriam se transformado em uma imensa usina de incubação de mosquitos mutantes e, se contássemos a história a partir dos ovinhos que ainda não haviam eclodido, diríamos que, quando a menina dengue chegou à beira-mar e depois à praia, e se perdeu naquele horizonte enevoado em que céu e mar eram a mesma névoa celestial e que despertava o sonho e a fantasia do que estava acontecendo naquele exato momento nas maravilhosas praias antárticas ou, mais ainda, o que aconteceria agora, quando a ingênua menina conseguira finalmente causar uma trilha impiedosa de ataques com seu perverso e nunca ingênuo bico e que sua prole em forma de feto só poderia admirar com ternura, murmurando, ainda da camada gelatinosa que os alimentava e envolvia até o momento final de sua germinação:

— Boa sorte, mamãe dengue!

NO CARIBE ANTÁRTICO

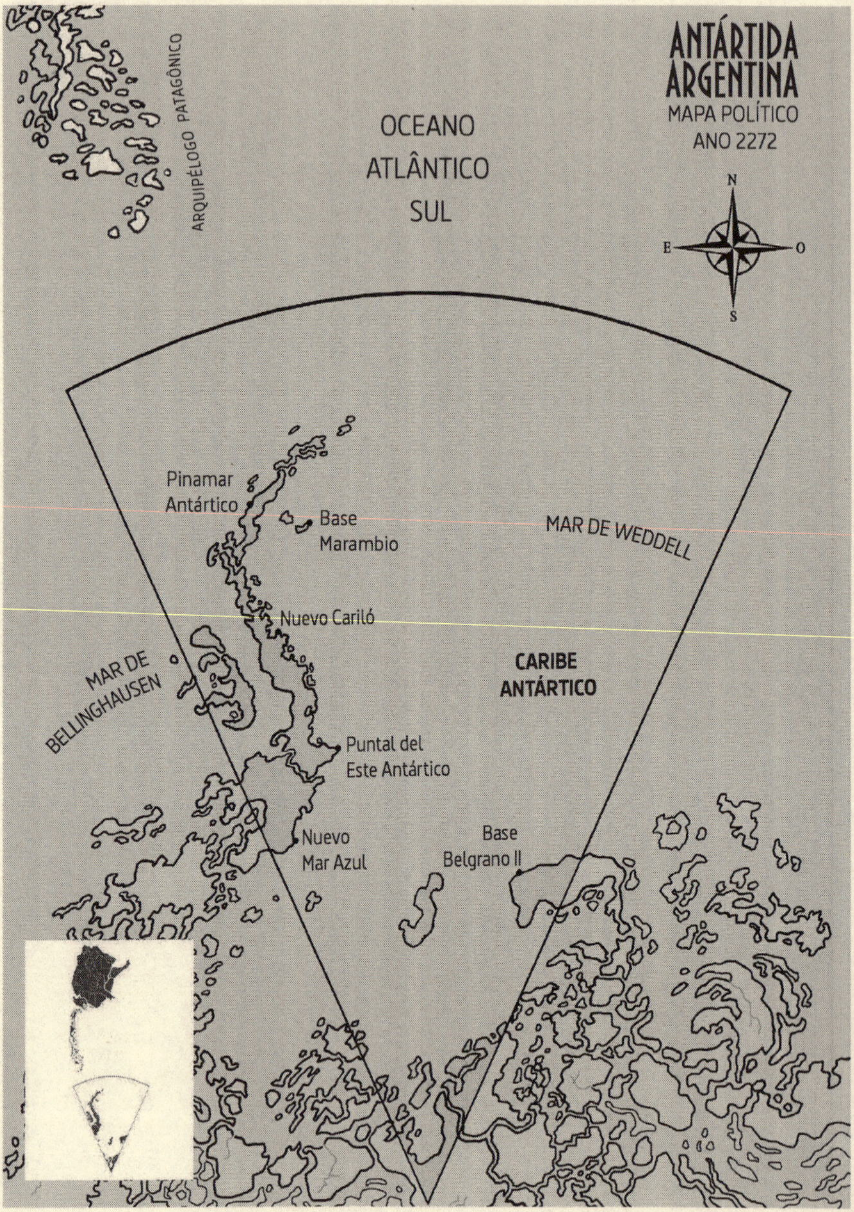
ANTÁRTIDA ARGENTINA
MAPA POLÍTICO
ANO 2272
OCEANO ATLÂNTICO SUL
ARQUIPÉLOGO PATAGÔNICO
N
E
O
S
Pinamar Antártico
Base Marambio
MAR DE WEDDELL
Nuevo Cariló
MAR DE BELLINGHAUSEN
CARIBE ANTÁRTICO
Puntal del Este Antártico
Nuevo Mar Azul
Base Belgrano II

AIS

Um prodígio da geoengenharia planetária, do Pinamar Antártico ao Nuevo Mar Azul, o Mar de Weddell e o Mar de Bellinghausen são as águas refrescantes que banham as costas deste Caribe, mares emblemáticos por serem os únicos da Terra que ainda não ardem em temperaturas ferventes. Como a média terrestre é de 90°C e as máximas temperaturas de até 200°C, estima-se que em algumas regiões, como a Califórnia ou o Oriente Médio, à temperatura ambiente um peru demora cerca de vinte minutos para assar e um ovo demora menos de um minuto para fritar. Já o Caribe Antártico é um dos poucos abrigos da grande sauna do mundo, com agradáveis 40°C de média anual. Suas águas azuis e ainda mornas despertam a admiração dos mais exigentes turistas, que as preferem a outros trópicos escaldantes para passar o verão ou até mesmo morar. Essas costas antárticas de finíssima areia coral adornadas por perfeitas fileiras de coqueiros também oferecem entretenimento para todos os gostos. Grandes e vibrantes cidades que dispõem de uma ampla oferta cultural, com teatros, bares, shows de tango e cassinos, como a Base Marambio, balneários para relaxar em família, como Nuevo Cariló, ou para se divertir com os amigos, como Punta del Este Antártico, e, longe dessa agitação urbana, também há aventuras ao ar livre para os mais ousados: jet ski e mergulho na barreira de recifes do Mar de Weddell, pesca desportiva de trutas, observação de tartarugas, lagartos e golfinhos, e ainda um passeio à Base Belgrano II, porto de petróleo e fósseis raros onde os depósitos da YPF e suas enormes máquinas hidráulicas são as maiores pérolas. As ondas agitadas e temperadas do Mar de Bellinghausen também são famosas por sediar o Campeonato Interplanetário de Surf, evento imperdível para os amantes desse esporte aquático. E, se não bastasse, o Caribe Antártico também é refúgio de centenas de paradisíacas praias virgens, que podem ser visitadas em qualquer época do ano graças aos Grandes Cruzeiros de Inverno, famosa linha de luxo com uma frota de mais de cinquenta navios, que recriam num ambiente imersivo a estação fria que desapareceu da Terra e a sua matéria mais básica: neve, glaciares e icebergs.

Mas nada do que aqui acontece teria sido possível sem a AIS (sigla para Ascension Industries and Solutions), a conceituada multinacional inglesa de geoengenharia planetária (também proprietária da YPF e da Influenza Financial Services), que ganhou quase todas as licitações estatais e privadas para adequar as diversas geografias da Antártida Argentina às rigorosas exigências do turismo internacional. A respeitada corporação recebeu esse nome, esclarece seu site oficial, em homenagem à Ilha de Ascensión, um minúsculo ponto localizado entre a África e a América do Sul, onde ocorreu o primeiro experimento de geoengenharia da história. Ali, naquele enclave estratégico do Império Britânico, Darwin e o botânico Joseph Hooker plantaram, entre 1850 e 1870, mais de dez mil variedades vegetais e animais que selecionaram em florestas da Argentina, Europa e África do Sul, com o objetivo de aumentar gradativamente a biodiversidade, a umidade e a fertilidade dessas terras. Assim, em duas décadas, emularam um processo climático que teria levado milhões de anos, e transformaram a ilha vulcânica morta, Ascensión, numa úmida e florescente selva que durou séculos. E essa era, de fato, embora aumentada para enormes escalas geográficas, a especialidade da AIS: geoengenharia planetária, isto é, a aplicação de tecnologias geológicas para transformar qualquer deserto sem vida num magma fervilhante de recursos vivos, e para acelerar vertiginosamente, em questão de dias, longos processos geológicos que de outra forma levariam séculos ou milênios.

Devolver, em suma, mercadorias aos ecossistemas, produtos reproduzíveis em larga escala e a baixo custo, como celulares ou máquinas de lavar, era a grande missão da AIS. O seu CEO e criador, Noah Nuclopio, argumentava que, se o capitalismo havia destruído a natureza, também poderia reutilizar esses métodos industriais para reconstruí-la. Para isso, a AIS patenteou uma série de técnicas de geoengenharia que nenhuma outra empresa poderia utilizar sem pagar royalties, como o bombardeio estratosférico de aerossóis (forma de controlar a temperatura que consistia em lançar, de aviões, bombas de sulfeto que, ao explodirem, refletiam a energia do sol), saraivada oceânica (o disparo em grande escala de mísseis de ferro no oceano para estimular o crescimento do fitoplâncton) ou a injeção de riboxina (um produto químico que, embora extremamente tóxico, sugava massivamente dióxido de carbono do meio ambiente).

São lendárias as imagens das primeiras frotas de milhares de aeronaves da AIS que, como se estivessem travando uma Grande Guerra, bombardearam massivamente o continente Antártico com produtos químicos sob o grito:

— Morte ao efeito estufa selvagem, nojento e imundo! Viva Noah Nuclopio! Viva a AIS! – que entoavam os gestores encarregados da missão nos discursos motivadores aos seus funcionários.

Embora seus detratores chamassem a AIS de "McDonald's climático", por oferecer uma espécie de cardápio prévio de floras e faunas geneticamente patenteadas, e que em poucos meses convertiam qualquer lugar da Terra ou de suas colônias extraterrestres em um conjunto idêntico, um modelo predefinido que tornava intercambiáveis uma floresta na Antártida ou uma selva em Marte, a verdade é que a sua avassaladora eficácia em tempo recorde somada aos seus preços imbatíveis fizeram dela a empresa líder no ramo, para não falar de um enorme e invencível monopólio, que nenhum país ou corporação que quisesse terraformar suas propriedades teria hesitado em contratar.

Pelas características quentes que a Antártida Argentina adquiriu após seu degelo definitivo (que a transformou, curiosamente, em um deserto vulcânico como o da Ilha de Ascensión) e pela vantagem oferecida pelos milhares de quilômetros com acesso ao mar, quase todas as cadeias hoteleiras e demais empresas inglesas que utilizavam o território compraram diversos pacotes do ecossistema "Caribe Tropical" da AIS (sendo as réplicas de Miami, Aruba ou Punta Cana as opções mais populares), e assim, em pouco tempo, e com um grande impulso publicitário, essa região austral começou a ser chamada de "Caribe Antártico".

O processo de terraformação, para quem não conhece os detalhes, era bastante simples. O caldo de fungos, microrganismos e bactérias que constituíam os tijolos fundamentais da vida de cada ecossistema, era especialmente escolhido pelos geoengenheiros e biólogos da empresa, e os espécimes animais e vegetais que embelezavam o cenário ficavam ao gosto e critério de cada cliente. Por exemplo, se a entidade contratante pretendia introduzir borboletas na sua propriedade, a AIS enviava-lhe um menu de opções:

- Anaea troglodyta cubana (Fabricius, 1775)
- Anartia jatrophae jamaicensis (Möshler, 1886)
- Euptoieta hegesia (Cramer, 1779)
- Hamadryas amphichloe (Boisduval, 1870)
- Hypolimnas misippus (Linnaeus, 1764)

- Junonia evarete (Cramer, 1779)
- Junonia genoveva (Cramer, 1780)
- Marpesia chiron (Fabricius, 1775)
- Marpesia eleuchea (Hübner, 1818)
- Memphis verticordia danielana (Witt, 1972)
- Phyciodes phaon (W. H. Edwards, 1864)
- Plebejus melissa samuelis (Nabokov, 1944)
- Siproeta stelenes biplagiata (Fruhstorfer, 1907)
- Vanessa cardui (Linnaeus, 1758)

Das quais só poderia escolher cinco, dez ou vinte, dependendo do pacote contratado. Em sequência, fazia o mesmo com flores, mamíferos, aves, peixes, corais e outras espécies, ficando a critério do cliente, numa paleta de sutis nuances, escolher até mesmo a cor precisa da água e da areia, e até das pedras e das palmeiras.

Foi assim que, em poucos anos, o Caribe Antártico tornou-se (para alegria dos turistas) um espetacular refúgio para as mais exóticas e deslumbrantes variedades de animais, antes extintas em quase todo o planeta, de flamingos e tucanos, saguis e tartarugas-verdes, até golfinhos, crocodilos e peixes-boi, e que transformaram os balneários antárticos em verdadeiros paraísos, famosos por suas requintadas praias e visitados por milhões de turistas de todo o Sistema Solar.

Venham ver, não sejam tímidos, as maravilhas deste esplêndido oásis terrestre.

Bem-vindos e bem-vindas ao majestoso Caribe Antártico!

A mamãe dengue

— Setecentos pesos por uma porção de *cornalitos*! – queixou-se a mamãe dengue.

Acabava de chegar a Pinamar Antártico após a longa viagem em fuga de Santa Rosa, e sentou-se meio por acaso na primeira lanchonete que encontrou, mas agora que parava para olhar o cardápio reparava no engodo sideral que lhe queriam pregar.

— Setecentos pesos! Por meia dúzia de *cornalitos*!

Como os balneários do Caribe Antártico (refundação daqueles que outrora ocupavam o litoral de Buenos Aires e que desapareceram imersos pelo derretimento do gelo) viviam exclusivamente do turismo, aproveitavam a alta temporada para abusar dos preços, e cobravam-se seis e até sete vezes mais por uma cerveja ou qualquer prato insípido só porque estava "a poucos passos da praia" (segundo o bordão do Rudolph's, o luxuoso restaurante à beira-mar onde acabara de se sentar). Assim, argumentavam eles, poderiam sobreviver à longa "noite polar" (literalmente, dois meses por ano, quando devido à rotação da Terra os polos não tinham luz solar). Agora, porém, em tempos de "noites brancas", como era o caso de dezembro (ou seja, os meses em que a Antártida gozava de luz solar 24 horas por dia), era a época em que os balneários atraíam obscenas multidões de turistas, e que os picaretas aproveitavam para apontar o lápis e remarcar de forma abusiva o cardápio.

Para a mamãe dengue, os *cornalitos* traziam boas lembranças de tempos que pareciam antigos, não fosse o fato de terem acontecido havia alguns meses, quando sua própria mãe, nas raras tardes em que estava livre, pegava o (na época) filho e o levava até a orla de Victorica. E em alguma barraca próxima comprava *cornalitos*, que eram servidos ainda chiando por causa do óleo fervendo, num cone de papelão que aos poucos ficava transparente pela fritura que absorvia, e que saboreavam enquanto caminhavam ou se sentavam num banco em frente à costa fedorenta e pútrida. Num desses inusitados passeios, a mamãe dengue (então um menino) aproveitou a rara intimidade possibilitada por finalmente desfrutarem de um momento juntos, mãe e filho, fora do sufocante barraco onde moravam. Então, sedento por averiguar o que seus coleguinhas fofocavam (basicamente, que um mosquito imundo havia infectado a velha), o (ainda) menino lançou a pergunta que sempre ardera, entalada e espessa, nos seus palpos maxilares:

— Mamãe, como as crianças nascem?

E a mãe, então, explicou, paciente e em versão infantil, em um didático resumo da milagrosa fecundação humana.

No entanto, insatisfeito com a resposta (já que, afinal, meio humano, meio mosquito, a explicação se aplicava apenas parcialmente a ele), o menino dengue indagou um pouquinho mais:

— Tá legal, mamãe, mas como é que nasce um menino dengue *dengue*?

A repetição da dengue, desnecessária, pretendia justamente reforçar o fato de que a mãe fugia ao óbvio, ou seja, que ele não era filho de dois humanos, mas do aberrante cruzamento entre mosquito e humana. Então, a mãe, incomodada com a insistência da pergunta que impedia qualquer evasão e subterfúgio, ficou tensa. Permaneceu em silêncio e, sem nunca olhar o menino nos olhos, sopesou na sua boca as vantagens e desvantagens de enunciar a amarga verdade, uma verdade amarga que talvez se confundisse com o amargor pegajoso dos *cornalitos* fritos. Até que, finalmente, respondeu:

— Quer que falemos sobre A Grande Anarca?

O menino dengue, perplexo, nunca entendeu essa enigmática resposta, tão lapidar que nem sequer se atreveu a perguntar o que significava. Por longas noites insones ele foi torturado pela oracular natureza daquele conceito ("Quer que falemos sobre A Grande Anarca?", que caralhos aquilo queria dizer?), mas agora, era precisamente agora, ela também mãe, que a veemente intensidade daquele enigma retornava e, ao se indignar com o preço impagável dos *cornalitos*, evocou em suas peludas antenas o magnífico mistério da criação, que mais uma vez se encarnava em sua prole, que, em meio ao furor vingativo, abandonara ao sabor dos ventos em pleno distrito financeiro de Santa Rosa.

E, na verdade, era um mistério o que teria acontecido com eles. Milhares, obscuros, irrompendo aos montes dos cadáveres empilhados... Já teriam nascido? Não seria seu dever resgatá-los?

Porque uma possibilidade, em vez de matar pessoas loucamente no Caribe Antártico e extinguir a espécie humana como planejado, seria retornar a Santa Rosa, para criar seus mosquitos e mosquitas. Não ser a mamãe, mas a matrona dengue, a matriarca de uma prolífica dinastia de infantis mosquitos mutantes.

Mas como, perguntou a si mesma, se maternava um mosquito?

De repente, lembrou-se (embora novamente fosse a fofoca de seus coleguinhas) de sua própria amamentação, em que sua mãe piedosamente oferecia ao bebê recém-nascido seu inchado seio cheio de leite. Mas como o (naquela época) bebê dengue não tinha boca para mamar, bicava o seio desajeitadamente, sem sucesso, rasgando a carne e marcando o colo da pobre mãe com centenas de vergões que se avermelhavam e infeccionavam seu mamilo. Era preciso ver para crer no paupérrimo espetáculo daquela mama: com a irritação causada pelas picadas, o tecido adiposo inchava e obstruía os dutos internos que normalmente transportariam o leite, que, então tapados, transformaram-se em monstruosas e latejantes veias azuladas destacando-se como balofas sanguessugas, transformando aquela imaculada fábrica de vida num absurdo aglomerado de caroços grotescos e relevos tumorais, onde o leite se confundia com pus e o mamilo com vergões inchados e lívidos crivados ao longo da pele. Deve ter sido um martírio, pensou a (agora também) mamãe dengue, o que ela infligira à sua progenitora.

Mortificada e culpada, então, a mamãe dengue olhou para os próprios seios, mas, onde esperava encontrar as tetas, havia apenas uma horrenda protuberância, peluda, uniforme, sem nenhum vestígio de mamilo para mamar.

Acontece que (deduziu a mamãe dengue) a espécie dela não era mamífera. Não tinha tetas, e carecia de instinto maternal. Em vez disso, a progenitora mal lidava com a mecânica básica de gerar ovos e desovar, deixando o resto das responsabilidades para os próprios bebês, que tinham que se virar sozinhos.

O que fazer, então? Por que voltar para Santa Rosa, se as muriçocas romperiam a casca por seus próprios meios e iniciariam, mais cedo ou mais tarde, o ataque assassino?

Se não tinha mais responsabilidades como mãe, tampouco como filha (pois já tinha exterminado os seus algozes), o seu destino era agora duvidoso, aberto, repleto de incertezas e possibilidades. Livre de amarras, livre!, não era mais ninguém: nem filho, nem filha, nem mamãe, nem nada, uma *nonada*.

A nonada dengue!

Dúvidas metafísicas a dominaram: quem, então, picar? O que o mosquito pica quando não há mais ninguém para picar? Pica por puro prazer, só por picar sangue, sangue vão e devaneado? Por que um mosquito e não *qualquer outra coisa?*, perguntou-se, com afetado ar de telenovela.

De repente, essas divagações absurdas foram interrompidas por uma furiosa batida no telhado do Rudolph's, a barraca de comida e bebida da praia onde havia ido parar acidentalmente. Era nada menos que a bandeira da Inglaterra, agitada pelo vento do mar, que tremulava no telhado de palha da barraca, e que despertou um inesperado sentimento patriótico nas tripas esverdeadas da (agora?) nonada dengue.

Por acaso seu novo objetivo não seria descolonizar a Argentina?

Sem pretender fatigar com detalhes que já foram abordados em todos os livros de História Nacional conhecidos, é mais do que sabido que a República Argentina (assediada por impagáveis dívidas com credores internacionais) cedera séculos atrás a soberania da Antártida ao Reino Unido em troca do cancelamento de seus débitos. Assim, algum tempo depois, quando Buenos Aires afundou definitivamente devido ao degelo, e surgiu a urgência de refundar a capital e seus balneários, não restou outro lugar com vastas extensões habitáveis senão a Antártida. O país, dessa forma, viu-se na mais desvantajosa posição para remediar o péssimo negócio que fechara com os piratas. E isso o obrigou a alugar (sob um contrato leonino que nem o inquilino mais infame e desesperado se atreveria a assinar) a

Península Antártica de seus novos proprietários, sendo na realidade Pinamar Antártico, a Base Marambio, Nuevo Cariló, Punta del Este Antártico, Nuevo Mar Azul e a Base Belgrano II, embora habitados pela diáspora argentina, domínios ultramarinos do Império Britânico, onde o idioma oficial era o inglês, e cuja administração e governo estavam sob a plena soberania do referido país.

Argentina, uma colônia inglesa, administrada pelo Reino Unido!

E ainda por cima queriam cobrar setecentos pesos por uma porção de *cornalitos*...

De repente, a nonada dengue foi acometida por lembranças antigas (que aconteceram havia alguns meses, mas que também pareciam ser de várias vidas passadas), quando seus coleguinhas de escola, na hora do recreio, entoavam:

— Quem não pula é inglês!

— Quem não pula é inglês!

— Quem não pula é inglês!

E assim, em círculo, pulavam e, talvez sem o compreenderem completamente, educavam-se num sentimento anti-imperialista cheio de orgulho, que certamente tinham aprendido em casa ou em quase todas as conversas corriqueiras em Victorica. No entanto, vendo que o (naquele momento) menino dengue, menos por convicção anticolonial do que por vontade de se entrosar no grupo, aproximava-se timidamente e, agitando desajeitadamente as asinhas, juntava-se à roda e cantava o refrão, alguém o desaprovava:

— Veio pular aqui por que, otário, se o mosquito que embarrigou tua velha é um pirata!

— Quem não pula é inglês!

— O papai dengue!

— Quem não pula é inglês!

— Papai dengue!

— Inglês!

— Teu papai!

E o cobriam de porrada, só pelo prazer de perturbá-lo, enquanto o menino dengue chorava e se mortificava por sua origem impura e estrangeira.

Porque a verdade é que o (naquele momento) menino dengue já tinha ouvido muitas vezes aquele boato. Que um laboratório inglês havia parasitado os úteros de várias mulheres de Victorica com larvas infectadas em troca de um insignificante pagamento, com o objetivo de gerar uma transgênica nova raça, o Grande Mosquito da Dengue, inseto desproporcional e sinistro cuja aplicabilidade em escala industrial era certamente desconhecida. E que a mãe dele, porque precisava do dinheiro, havia se oferecido. Mas a experiência deu errado. Ou certo demais. E o resultado foi nada menos do que o dengue boy, uma escória mutante e assassina com a capacidade de procriar rapidamente mais escórias do mesmo tipo.

Dizia-se que o laboratório que introduzira as larvas em Victorica fazia parte do conglomerado AIS-Influenza Financial Services-YPF, uma vastíssima corporação de virofinanciamento, geoengenharia planetária e exploração de fósseis raros como os que haviam sido encontrados recentemente na Base Belgrano II. Seu fundador e CEO, Noah Nuclopio, era um extravagante empresário e magnata, atualmente radicado na Antártida Argentina, famoso por seus megalomaníacos e sinistros planos de monetizar qualquer catástrofe climática que eclodisse, e responsável, conforme se dizia, pelo projeto de inserir larvas infectadas nos úteros de Victorica.

Quer dizer, então, que meu pai é Noah Nuclopio?, perguntou-se a nonada dengue, atordoada, como se essa fosse a conclusão mais importante dos complexos meandros planetários dos quais fazia parte. Não era, de fato, culpa da pobrezinha que o próprio destino da Terra e de toda a vida que ela abrigava dependesse da pequena novela familiar do mosquito, do drama edipiano do inseto que ele agora protagonizava. E, se sua vida tinha perdido o sentido depois de se tornar *nada*, ela talvez o recuperasse como um raio se fosse atrás de Noah Nuclopio, seu celebérrimo pai. E, mais ainda, se o destripasse, por ter gerado um mosquito tão horrendo e miserável. E, de quebra, já que já estaria lá, se destruísse o restante dos ingleses, e, por que não, o restante da humanidade, e varresse aquela espécie tão nefasta do mundo já tão imundo.

A nonada dengue se afundava nessas revelações sanguinolentas quando, de súbito, percebeu que uma violenta comitiva de turistas o cercava. Essa multidão de curiosos, fascinada pela contemplação de tão horrendo inseto, tirava fotos, gritava e ria, capturada ao mesmo tempo pelo terror e pela excitação. Acontece que a nonada dengue teria de ser extremamente ingênua para pensar que, depois da catástrofe humanitária e financeira que se alastrou pelo Caribe Pampiano, poderia sentar-se como se nada tivesse acontecido no primeiro restaurante de Pinamar Antártico que encontrou, quando a notícia de um mosquito monstruoso, mutante e assassino estampava o primeiro plano de todos os noticiários e jornais. Mas a nonada dengue, com sua cândida mente ainda de menina ou de menino, nunca havia cogitado tal possibilidade, e agora, ainda sentada no restaurante esperando ser atendida, foi surpreendida pela multidão de curiosos que a cercava com o frenesi que o encontro com uma celebridade produz. Repentinamente aturdida pela visão inesperada daqueles humanos de rostos diabólicos e raivosos que a assediavam, seus reflexos não estavam a postos quando percebeu que, do meio daquela multidão atordoada, se aproximava Rodolfo, o dono do quase homônimo restaurante que, com a típica mente de um colonizado, ele batizara com seu nome anglicizado, chamando-o de Rudolph's. O citado Rodolfo, como dizíamos, se aproximava aos palavrões, irritado com a multidão escandalosa que inflamava seu estabelecimento e afugentava a clientela, e ainda mais puto, em primeiro lugar, com o mosquito que causara aquele escândalo, e então começou a dispersar aos tabefes a horda que atravancava seu caminho, e quando finalmente alcançou, de frente, o mosquito que atraía a multidão, a atordoada nonada dengue, Rodolfo desembainhou do bolso de trás um grosso tubo de metal que pressionou, ágil e furioso, com o dedo indicador, gritando:

— Rala daqui, seu mosquito imundo!

Era nada menos que o Moscorminator 400, o inseticida vendido recentemente para aniquilar a nova cepa de dengue que causava estragos no Caribe Pampiano e ameaçava chegar ao Antártico.

Ele borrifou na desavisada nonada dengue uma furiosa explosão branca de inseticida, que queimou seu bico, suas antenas e seus muitos olhos de omatídeos. O terrível ardor a cegou, mas, com o teimoso espírito homicida que a caracterizava, conseguiu disparar com suas últimas forças a resposta:

— Vou ralar, mas primeiro vou ralar você, Rodolfo! Setecentas picadas, uma para cada *cornalito*!

É preciso dizer, porém, que a comparação entre a ameaça esboçada e sua efetiva concretização foi bastante patética, pois, devido ao veneno que começava a fazer efeito, a nonada dengue mal teve energia para desferir uma única e mole picada, mas tão fraca e pouco impetuosa que mal arranhou o crânio de Rodolfo. Atemorizado pela onipotência assassina que pensava ter e que agora desaparecia, a nonada dengue fugiu em debilitado terror. Sacudiu as asas, que responderam sem entusiasmo, e voou desajeitadamente em zigue-zague, errando trêmulo pelo céu, de onde os turistas e Rodolfo e o restaurante se transformaram em pontos difusos sem silhueta nem contorno e apenas a areia e o mar, sim, o azul e intenso Mar de Bellinghausen, quente e distante como o porão da dor, e o veneno invadiu e entorpeceu o corpo da mãe, da menina, do menino, quer dizer, da nonada, até que de repente, como se a sua provisão de eletricidade tivesse sido cortada, suas asas pararam de se mover e seus olhos de omatídeos congelaram, e ela caiu dura no meio da inusitada superfície branca de um enorme cruzeiro, onde belos jovens em inusitados trajes patinavam e riam, e a nonada dengue, ao se estatelar, não conseguiu ver como, cagando-se de medo, aqueles efebos fugiram com a aterrissagem imprevista do mosquito gigante, e a nonada dengue, que normalmente teria rido de sua involuntária maldade, permaneceu impassível com a impassibilidade dos plácidos. Olhou fixamente para o sol e depois não viu mais nada.

Porque, num instante, passara de nada a envenenada.

E o seu insuportável zumbido tornou-se mais suportável, e o seu bico já não parecia tão enegrecido nem tão queimado, e as suas deploráveis pernas bicolores já não eram tão deploráveis nem tão finas, e as suas tripas, menos esverdeadas e fedorentas, e as suas antenas, não tão grossas nem tão peludas, e os seus olhos omatídeos já não causavam o nojo nem o espanto de antes, porque seu insuportável e característico zumbido passou de insuportável a suportável, e de tolerável, de algum modo, a agradável, e depois a uma tumba sombria de débeis sussurros que, sob a diurna e caribenha noite dos polos, já não zumbia mais. Alguns curiosos se aproximaram, mas outros, indiferentes e entusiasmados, prosseguiram seu cerimonioso passeio pela resplandecente noite branca que continuava e se confundia com o dia seguinte em Pinamar Antártico.

Quer dizer que morreu?

O Dulce

Sim, morreu!

Outra vez!

O Dulce estava cansado de seu videogame travar toda vez que começava um ataque e o seu personagem daquele jeito, congelado e indefeso, era aniquilado sem maiores dificuldades. Dessa vez, agachado no mato junto com outros Índios, esperavam desde o amanhecer um grupo de Cristãos que voltava de uma varredura nos arredores de Guaminí, pequeno povoado recentemente fundado no meio dos pampas. Os Cristãos, como era de se esperar, os procuravam, embora naturalmente sem sucesso, pois um espião lhes avisara da excursão, e os Índios ordenaram que todas as cabanas fossem transferidas para longe, em direção ao sul.

Mas agora a tarde caía e o sol dessangrava um arpejo de sangue no céu sangrento.

E os Cristãos, cansados e famintos, regressavam pela planície logo na escuridão. Com isso, o objetivo dos Índios era claro. Pegá-los distraídos e com a guarda baixa, matá-los e roubar todas as suas preciosas armas: rifles Winchester, carabinas, facões e talvez algum revólver velho ou trabuco enferrujado. Arsenal suficiente para atacar o vilarejo no dia seguinte. Então, após assaltarem os Cristãos de surpresa e uma manada sibilante de boleadeiras cair sobre seus cavalos, que tropeçaram e, empinando-se, os cuspiram das selas, os Índios se atiraram sobre eles como uma labareda. Assim que o Dulce se aproximou e cortou a garganta de um homem caído, e viu que sua boca soltava lentos e ofegantes suspiros pneumáticos, como um peixe que na terra faz O e O e O e O e O pela boca enquanto se afoga, não conseguiu desabotoar o rifle do coldre e acabar com ele com as próprias balas, quando tudo se desintegrou num instante de sangue. O Dulce ficou tonto, levantou a cabeça e só viu um borrão distorcido de pixels disformes que preenchiam a tela.

Pampatone de merda!

Por tanta impotência, ele nem tentou se conectar novamente, pois o final foi tão frustrante quanto previsível: seu corpo vingado por aqueles Cristãos ou mesmo por outros que o encontrariam em pouco tempo, paralisado e abandonado, no meio do deserto.

Tirou o capacete e percebeu que na Victorica do ano 2272 o dia já clareava: havia passado a noite inteira jogando *Cristãos vs. Índios*. Fazia um calorão insuportável e, somado à umidade, o lugar parecia uma sauna. Uma manhã típica do Caribe Pampiano. Ele então saiu da cama, pronto para tomar algo fresco no café da manhã e começar a descarregar, quando, do outro extremo da casa (ou seja, a três metros de distância, já que o barraco onde moravam era muito pequeno), viu seu irmão numa atitude suspeita, espiando pelas cortinas e murmurando alguns palavrões.

E o irmão, ao vê-lo acordado, gritou para ele:

— Seu cuzão de merda, vem cá ver isso! Deu caô no bairro! Tá cheio de porco fardado!

O Dulce abriu bem as cortinas e de fato a polícia militar já estava por lá, com um enorme bloqueio sanitário disposto em volta do lixão em frente à sua casa. Centenas de soldados com metralhadoras, máscaras e trajes químicos, helicópteros e tanques patrulhavam a área. O Dulce teve que fazer um esforço descomunal para não se mijar de susto, pois de repente se lembrou de maneira intempestiva como um raio da meleca que havia despachado com a pedrinha e que acreditava ter (ilusoriamente) esquecido, mas como suas mãos começaram a tremer e não queria despertar suspeitas no irmão, que não podia crer na impressionante multiplicação de soldados na frente de sua casa, escondeu-as atrás das costas e, com sua melhor atuação, digna de Oscar, perguntou-lhe:

— Que doideira, mano, que será que tá acontecendo?

Então o boato chegou até eles. Aparentemente, um catador que vasculhava o lixão à noite, surpreendido por seus fluorescentes verdores, encontrou a pedrinha. E ninguém sabia que efeito a pedra mágica tivera no pobre homem, mas a verdade é que, no dia seguinte, foi encontrado com o crânio fraturado, fraturado nada, aberto ao meio como um mamão podre, como se, enlouquecido pelas verdades terríveis que o fóssil enfiara nele por telepatia, teria batido com ele na cabeça até silenciar aquela insuportável voz primordial que comunicava terríveis verdades sepultadas ao longo de eras nas entranhas da Terra. Um vizinho, alertado pelo cheiro insuportável de podridão, chamou as autoridades e, em poucas horas, um bloqueio sanitário isolava todo o quarteirão.

Simplesmente não entrava na cabeça do irmão do Dulce: como é que uma das pedrinhas que ele traficava tinha ido parar ali? Ao observar os policiais parados bem em frente à sua casa, alguns comendo mosca, outros maltratando as pessoas que passavam, ele naturalmente não pôde deixar de se lembrar da natureza ilegal de seu negócio, e de imediato concluiu que aquele dilúvio de porcos seria uma calamidade. Porque se sua atividade fluía tão bem nas costas da Lei (vale esclarecer) era graças às propinas que distribuía semanalmente aos barcos da prefeitura que patrulhavam o lado argentino do Canal. Mas a chegada desse novo esquadrão, que o veria andando pelo bairro em atividade tão suspeita, com pilhas de caixas em direção ao rio (previa o irmão do Dulce), acabaria com o esquema de favores que ele havia arranjado com tanto esforço, e os procedimentos diários do contrabando (suspeitava) seriam significativamente prejudicados.

E, de fato, as suas previsões não estavam erradas. Pois passaram-se meses e o bloqueio sanitário não só nunca expirou, como havia cada vez mais agentes patrulhando a área. Depois de uma semana com a atividade parada por precaução, a necessidade econômica o obrigou a voltar à labuta. Mas por mais que iniciassem o transporte no meio da noite, era impossível encontrar um trecho de margem do riacho fedorento onde um grupo de cinco ou seis policiais ávidos por uma fatia do próspero ilícito já não os esperasse. Saíam de trás dos arbustos como moscas, assim que começava o descarregamento, e um deles, que era sempre o líder, batia nas caixas com o cano da escopeta. E, ao ouvir os mugidos dos mutantes, perguntava, sorrindo de orelha a orelha:

— O que é que tem aqui, ovejines? Que coincidência, né, com o tesão de meter nelas que os rapazes têm...

Entre as mercadorias que os porcos desviavam para satisfazer seus instintos mais baixos e os presentes que exigiam para fazer vista grossa ao contrabando, o irmão começou a esgotar todo o seu lucro em subornos, que distribuía a torto e a direito sem qualquer tipo de critério, contanto que o deixassem em paz. Assim, rapidamente afundou na ruína e o trabalho árduo mal dava para cobrir as despesas fixas. Teve que demitir dois muambeiros e vender um caminhão e um barco por uma ninharia. De maneira drástica, sua Microempresa Individual foi reduzida até virar um saco de prejuízos, não podendo mais competir com os próprios policiais, que rapidamente copiaram a galinha dos ovos de ouro que aquela cidade perdida abrigava, e tornaram-se eles próprios contrabandistas. E, como naturalmente não tinham de pagar os seus próprios subornos, não tinham tantos custos fixos com que se preocupar e, portanto, ofereciam um serviço de contrabando muito mais barato.

Assim, de um dia para o outro, o irmão praticamente perdeu o negócio. E, secretamente, de uma forma que não conseguia explicar como ou porquê, agarrou-se à convicção obstinada de que o Dulce era o culpado pelo desastre. Sob o signo de uma certeza que vinha sem provas, mas do fundo de suas entranhas, ele imaginara toda a sequência: pelo simples prazer de encher o saco, sem que ninguém visse, o Dulce teria surrupiado uma das pedrinhas e então, com medo de seus efeitos, que ele desconhecia, a atirou pela janela, pensando que isso resolveria a questão.

Se o irmão descobrisse que aquela mera especulação era verdadeira, ele fantasiava sobre a raiva esperada de sua tragédia, iria cobri-lo de porrada novamente, para que aprendesse a não cagar onde comia.

Começou a vigiá-lo o tempo todo. Vigilância não muito complicada, já que a única coisa que o Dulce fazia quando não trabalhava para o irmão era jogar Pampatone. Estirado no sofá, fissurado o dia todo em *Cristãos vs. Índios* e seu novo game, *Cristãos vs. Índios 2*, extensão que acrescentava as aventuras da Conquista do Deserto na Antártida e outros planetas, como Júpiter e Marte. O irmão ficava sentado olhando para o Dulce, que, absorto em sua realidade virtual e com o rosto numa espécie de êxtase ou arrebatamento, se ajoelhava e movia os braços para cima e para baixo como se estivesse possuído. Mas o irmão, já nervoso com a suma concentração do irmão numa tarefa tão repetitiva, arrancava-lhe o capacete da cabeça, dava-lhe duas bofetadas e, ao levantá-lo pelo pescoço, gritava com tanta força que lhe cuspia na cara:

— Arrombado do caralho, vou descobrir como você roubou a pedrinha e vou te matar!

E caía fora, enquanto o Dulce, pálido e amedrontado, fazia o possível para fingir espanto com a acusação e voltava ao jogo. É preciso dizer que o irmão, apesar dessa vigilância permanente, não era muito perspicaz, pois em nenhum momento se perguntou onde o Dulce conseguira o dinheiro para comprar *Cristãos vs. Índios 2*. Acontece que o Dulce, após roubar a pedrinha telepática, percebera que nada era mais fácil do que roubar mercadoria do otário do irmão. Assim, aos domingos, que em geral era o dia de maior fluxo e por isso menos fácil de detectar se faltava algo, afanava algumas ovejines. Escondia-as a quatro chaves na cabine para deficientes do banheiro da escola (onde achava que teriam um hábitat adequado, uma vez que poderiam beber água fresca da latrina) e, na hora do recreio, alugava-os aos alunos do sexto e sétimo ano, uns pervertidos que, com uma horrível dor no saco por causa da puberdade em curso, teriam pagado tudo o que o Dulce pedisse e até muito mais para provar o tenro ânus do mutante. Os moleques enlouqueciam assim que tocavam o estupendo esfíncter, e uivavam como bestas no cio, lá da cabine:

— Gosta do jeitinho que eu como teu cu, Alfredito? Gosta de como eu te arrombo?

Aparentemente, a febre dos moleques era imaginar que comiam um coleguinha de classe chamado Alfredito, que tinha uma bunda gorda e redonda que lhes despertava um tesão descomunal. Fantasia esta favorecida pelo fato de os pré-púberes já terem perdido todo e qualquer tipo de inibição antes mesmo de entrar na cabine, pois o Dulce lhes vendia cartelas de comprimidos de benereoTT, que chupavam feito balas enquanto empreendiam o ato sodomita. Dessa forma, a cada recreio o banheiro se transformava num antro grego de lubricidade infantil que o Dulce administrava e trazia lucros absurdos para um garoto da sua idade, o que lhe permitiu, ao cabo de duas ou três semanas, comprar *Cristãos vs. Índios 2* na feira.

O problema de que o Dulce padecia em *Cristãos vs. Índios 1* era que, com uma conexão lentíssima, sempre virava bucha de canhão para os Cristãos. Costumava participar com sucesso do início do ataque (quando tomavam de surpresa os postos militares de fronteira), mas, mal entravam no vilarejo e espalhavam incêndios, saques e massacres, o variegado número de personagens e cenários exigia um volume de gráficos intenso demais para o precário Pampatone, cujo sistema entrava em colapso e, após alguns segundos de congelamento, o personagem do Dulce sempre aparecia no chão, com a cabeça ou a barriga varada de bala. É por isso que não fazia muito sentido comprar *Cristãos vs. Índios* 2, cujos gráficos e experiências virtuais eram ainda mais sofisticados e complexos que os do 1. Isso, é claro, se a empresa que vendeu o videogame tivesse desabilitado as experiências religiosas de *Cristãos vs. Índios 1* para que todos comprassem a extensão. E o Dulce, que professava o culto à Grande Serpente, preferia cortar um braço antes de se privar da conexão com sua divindade. Com santuários por todo o videogame, A Grande Serpente era a divindade mais popular entre os Índios, a quem eram oferecidas as prendas obtidas nos ataques. Em troca das oferendas, A Grande Serpente realizava "favores" (que, geralmente, eram a proteção na guerra ou a capacidade de matar mais e com maior truculência). De forma semelhante, os Cristãos veneravam O Bom Soldado, santo que os protegia do mal e a quem acendiam velas para que os Índios desaparecessem para todo o sempre da face da Terra.

As regras de ambas as religiões eram muito rígidas. Os moleques se conectavam pontualmente para rezar ao meio-dia e à meia-noite, na direção do ponto cardeal onde o santuário mais próximo estivesse. Além disso, devia acender doze velas todos os dias para sua divindade, velas "sagradas" que só podiam ser obtidas na loja oficial do videogame. É importante observar que, embora cada vela custasse apenas doze pesos, quando multiplicadas pelos dois cultos diários, por todos os dias do mês, somadas ao dízimo, que aumentava o nível de fé do jogador, além das doações para expandir santuários e templos, o culto se tornava um grande investimento, que além disso se somava ao preço já exorbitante do console, do videogame e suas expansões, custando uma dinheirama no final. No entanto, os moleques acabavam virando pequenos extremistas de sua fé e não se importavam em roubar (caso suas famílias não fornecessem os recursos voluntariamente) para adorar seu ídolo. O Dulce, um fanático recalcitrante da Grande Serpente e das rigorosas atividades que sua fé impunha, não sentia nenhum remorso por roubar mercadorias de seu irmão. Também não o incomodava saber que esses pequenos furtos constantes foram a pá de cal para a ruína financeira do irmão. Teria até empalado o irmão na porta de sua casa (devaneava) se o culto da Grande Serpente assim o exigisse. Porque nada era mais importante para ele do que A Grande Serpente, sua grande fé em *Cristãos vs. Índios 2*.

O Dulce recomeçou a oração que seu irmão havia interrompido e a concluiu (lendo-a de um cartãozinho, com pequenas adaptações para se aplicar à sua situação atual):

— Ó Grande Serpente! Eu humildemente peço que, por teu intermédio, meu milagre se realize: dê-me uma boa conexão, ajude-me para que meu console não trave no cumprimento do dever. Empreenderei o ataque com coragem e exterminarei os Cristãos. Eu os escalpelarei vivos, mutilarei e estuprarei. Queimaremos seus santos, insultaremos sua cultura e saquearemos seus bens, para que paguem com violência a violência que nos aflige há séculos *(quer dizer, há três meses, quando o irmão deu a ele o Pampatone, porque no tempo do jogo cada semana equivalia a cem anos)*. E se me deres a força e a fortuna necessárias, prometo cumprir minha promessa e prestar minha fiel gratidão, peregrinando para seus majestosos santuários VIP em Júpiter e na Antártida. E lá, Ó Sagrada Serpente!, pagarei o dízimo que mereces – concluiu o Dulce.

Em seguida, ele acendeu doze velas, colocou pedaços de carne sangrenta (presumivelmente de um cadáver de

Cristão) e se benzeu doze vezes com o símbolo circular da Serpente.

Deve-se dizer que, de fato, A Grande Serpente realizou seu milagre. Naquela mesma tarde, apesar do nível de dados que normalmente *Cristãos vs. Índios 2* exigiria e que teria sobrecarregado o frágil Pampatone, o Dulce, com doze Índios, invadiu Guaminí, o vilarejo que já havia atacado tantas vezes sem sucesso. O Dulce (com uma crueldade raramente vista) incendiou casas, escalpelou, estuprou, matou e até sodomizou o padre com um pesado crucifixo de prata, que era seu fetiche. E sua conexão nunca travou. Retornou são e salvo ao acampamento, coberto de sangue que não o dele, carregando um saco de tesouros que agora lhe pertenciam, sob o exorbitante céu noturno do século XIX da planície. Iluminado pelas estrelas que pairavam no céu como suculentas bolas de gordura animal, o Dulce prestou filiais homenagens à sua deusa. Benzeu-se doze vezes com o símbolo circular da Grande Serpente e, ao contemplar fascinado o espetáculo cintilante de galáxias e estrelas que pontilhavam o céu (naturalmente, devido à poluição do ar, esse tipo de visão era impossível na Victorica do ano de 2272), decidiu que naquele mesmo dia (após a oração da meia-noite) ele cumpriria sua sagrada promessa: empreender a peregrinação ao santuário na

Antártida da Grande Serpente, localizado exatamente no polo magnético da Terra.

Ele partiu junto com outros doze Índios igualmente iniciados na fé e igualmente ignorantes, como ele, sobre a geografia e as temperaturas que prevaleciam no século XIX. Essa ignorância, é preciso enfatizar, levou-os a cometer erros graves. Para começar, nem passou pela cabeça deles se agasalhar, portanto embarcaram na aventura no continente mais gelado assim como estavam, usando apenas tangas. Claro, tendo passado toda a vida sob as temperaturas escaldantes que dominavam a Terra em 2272, eles não tinham a menor ideia do que era o frio, nem que ele havia governado a Antártida de forma implacável por milênios, e muito menos que seus efeitos eram terríveis e potencialmente letais para um corpo mal agasalhado. Além disso, como também ignoravam a história das expedições à Antártida e seus sucessos e fracassos, levaram cavalos em vez de cães como animais de carga, um erro que também os condenou. Sabe-se que, na corrida travada entre os anos de 1898 e 1922 entre o Império Britânico e a Noruega pela conquista do continente congelado, representados respectivamente por Scott e Amundsen, a diferença fundamental que sustentou os noruegueses foi justamente o fato de terem usado cães em vez de cavalos para puxar os trenós. A vantagem desses animais em comparação com os equinos era, em primeiro lugar, que resistiam muito melhor ao frio (os cavalos da expedição de Scott, como era de se esperar, foram morrendo de frio um após o outro), e, em segundo lugar, não apenas comiam muito menos, mas, por se alimentarem de carne, podiam caçar o que encontrassem pelo caminho (focas, pinguins ou até mesmo outros cães moribundos). Para os cavalos, por outro lado, que se alimentam de feno, era necessário levar comida extra, tornando o trenó mais pesado e a viagem mais penosa. Além disso, por serem mais leves, os cães conseguiam lidar melhor com as armadilhas de neve fresca, e os cavalos, por sua vez, afundavam e morriam congelados.

No entanto, nada disso era conhecido pelo Dulce e sua pequena tropa de Índios. Após longas horas de viagem, a embarcação os deixou com seus trenós e cavalos na Baía das Baleias, no início da barreira de gelo de Ross. Fazia a incrível temperatura de –89,2°C. Para piorar, uma implacável e furiosa tempestade de gelo, que fustigava como pedras contra a pele nua, impedia a visão a mais de dois metros. Os cavalos, ariscos pela violência dos ventos gélidos, não queriam avançar e cravavam seus cascos no gelo. Mas nada disso importou para o Dulce ao desembarcar. Estava imerso num mundo desconhecido e espetacular, algo que ele nunca tinha visto. Ventos polares cortantes sopravam, primeiro cortando a pele e depois adormecendo-a, e tudo ao seu redor era de uma cor branca inédita e ofuscante.

A neve!

A brancura unânime e infinita apagava qualquer senso de distância e proporção, criando uma confusão geométrica de um espaço sem dimensões, vazio como uma fantasia metafísica para quem o visse. Para esconjurar esse espetáculo, o Dulce chutou, pulou, se lançou no chão nevado e fez um anjinho com as pernas e os braços. Depois correu, se abaixou, pegou um punhado de neve, amassou-o e o lançou. Pegou outro punhado de neve e o tocou com a fascinação que somente a descoberta de uma nova experiência sensorial pode proporcionar, levando-o à boca. Embora não fosse possível sentir pelo Pampatone (devido à sua fabricação defeituosa) os sabores, e as luvas de realidade virtual não permitissem distinguir temperaturas frias ou quentes, ele conseguiu imaginar com uma vivacidade única (naturalmente imaginada) a textura e o sabor dessa substância. Para começar, acreditou que era quente, embora suave como algodão e cremosa como leite. Ele a esfregou com prazer na boca e se abaixou para pegar mais quando percebeu horrorizado que um pé estava inchado e enegrecido. Parecia uma gorda morcilha prestes a explodir. Contudo, estava tão fascinado com tantas novas sensações e com o iminente encontro com o santuário da Grande Serpente que ignorou o estado cadavérico de seu membro. A euforia lhe deu forças para avançar na impiedosa tempestade, arrastando o pé congelado.

Enquanto isso, os cavalos também sofriam baixas. Ignorantes do terreno, suas patas se machucavam nos *sastrugi*, fendas de gelo características da Antártida, esculpidas pelo vento ao longo dos séculos no solo virgem. Assim, à medida que avançavam e se cortavam, as patas se cobriam de uma espessa geleia de sangue e gelo, e a umidade acelerava rapidamente o congelamento, levando os cavalos à morte. Os Índios, resignados, não tinham outro remédio a não ser abandonar os trenós carregados de água e comida que os animais mortos carregavam.

Continuaram a avançar e, em pouco tempo após começarem a caminhar, mais que caminhar, mancar, logo o Dulce tropeçou em um *sastrugi* e caiu de cara no gelo. Um dos Índios o examinou e comunicou gravemente:

— Dulce, seu pé direito congelou. Precisamos amputar.

Eles serraram sua perna, improvisaram um cajado com uma lança e continuaram avançando. No entanto, pouco tempo depois, a mesma sorte se abateu sobre sua mão, que parecia a garra apodrecida de um animal num imundo processo de decomposição.

— Dulce, sua mão tá toda fodida.

O Dulce contemplou espantado a mão inchada e morta, que lhe pertencia mas não obedecia mais, como se tivesse enxertado o membro de um pútrido cadáver obeso. Como não gostava de depender dos outros, pegou o serrote sozinho e amputou o próprio braço. Vale ressaltar que seu irmão, que estava prestes a sair de casa naquele momento, deparou com ele em frente à tela do videogame realizando essa árdua tarefa. Serrando para frente e para trás, com esforço e determinação, sem parar, com tanta concentração que seu irmão achou (pois não tinha a menor ideia do que era *Cristãos vs. Índios*) que o Dulce estava em um jogo de pedreiro, carpinteiro, ou até mesmo engenheiro. E sentiu um pouco de pena por seu irmão mais novo estar jogando com aquilo que desejava ser quando crescesse, ainda jovem demais para entender que o futuro não existe, muito menos para um paupérrimo moleque de uma cidade condenada à doença e à ruína, como era Victorica. Vendo em seu irmão um reflexo de sua própria e futura desilusão, que foi descobrir que tudo se resume a suportar e a sobreviver, e que não há espaço para os sonhos das crianças numa época devastada como a nossa, acariciou a cabeça do irmão com pena e concluiu que um menino tão bom e cheio de sonhos como era o seu irmão, que queria ser engenheiro, nunca poderia ter roubado a pedrinha dele. Despediu-se sem que o outro o ouvisse e saiu de casa para sempre, para tentar a sorte no Caribe Antártico, abandonando sua mãe e seu irmão, assim como seu pai já havia feito com ele e com todos eles antes.

O Dulce, no entanto, não sabia de nada disso, pois estava focado na extrema sobrevivência na gélida Antártida do século XIX, avançando como podia com seu cajado, sem uma perna e um braço. Seis cavalos já haviam morrido de frio, e os que restavam, estoicamente, empurravam agonizantes o trenó com os últimos suprimentos.

— Avancem, caralho, avancem! – gritava com impotência o Dulce enquanto os fustigava com chicotadas, mas os pobres equinos, com os cascos cobertos de grosso e rígido gelo, sucumbiam ao severo termômetro da morte.

E depois de horas arrastando-se lentamente sob a impiedosa borrasca de neve, o Dulce caiu outra vez de cara no chão gelado. Um Índio disse a ele com seriedade:

— Dulce, suas extremidades esquerdas não aguentam mais. Temos que amputar também.

E imediatamente (já que ele não podia fazer isso sozinho), serraram-lhe a perna e o braço esquerdos, e o Dulce, reduzido a nada mais do que seu tronco, rastejou como um verme obstinado sobre o gelo, num lento porém persistente movimento para a frente.

Parecia não haver mais esperanças para o pobre Dulce. Ainda faltavam centenas de quilômetros para chegar ao santuário, e ele naquele estado, mutilado e cadavérico. Um toquinho, rastejando como um verme, uma sanguessuga ou talvez uma lagarta. Mas foi nesse momento de anelídeo na neve, já sem apêndices, que o Dulce recebeu o sinal.

O número doze, a hora regulamentar em que as orações eram feitas ao amanhecer e ao crepúsculo; o número doze, a quantidade de velas que eram ofertadas à Grande Serpente e doze pesos, o preço das velas na loja do videogame; o número doze, a série de repetições do símbolo circular da Grande Serpente ao se benzer; o número doze, a cifra de Índios que poderiam acompanhá-lo em sua expedição. O doze, algarismo sagrado nos mistérios da Grande Serpente, era "o número exato das letras de seu Nome". No entanto, esta Verdade da Grafia foi sempre vedada aos sábios da fé e considerada uma aporia sem solução, uma vez que o número de letras em "A Grande Serpente" era quinze (ou catorze, se o artigo fosse subtraído), e, por isso, ninguém resolvera o mistério ao longo de séculos e séculos (ou seja, havia seis meses, quando foi lançada a extensão do jogo *Cristãos vs. Índios 2*).

Até agora.

Porque doze letras tinha a verdade primordial que o Dulce recebera por telepatia da pedrinha roubada de seu irmão. A pedrinha telepática da Antártida cujos auspícios terríveis vinham de imemoriais tempos geológicos, quando na Terra nem o humano nem nada de biológico existiam, e nem o ser e o não ser e nem o vivo e o não vivo podiam ser distinguidos, mas estavam cifrados num enxame cósmico de pré-vida.

Grande Anarca.

Então, o pequeno patife entendeu o que precisava fazer. Tirou o precário capacete do Pampatone e olhou para o relógio: meio-dia em ponto em Victorica. Saiu pela porta em direção ao lixão em frente à sua casa, determinado a roubar a pedrinha telepática que o hermético bloqueio sanitário de porcos fardados, tanques e helicópteros patrulhava.

Na verdade, era preciso ser maluco para tentar desafiar, em plena luz do dia, a rígida segurança que guardava a pedrinha. Dizia-se que vários larápios, embriagados pelo boato dos supostos superpoderes que a pedrinha conferia, haviam tentado, sem sucesso, roubá-la, e acabaram alvejados pelo chumbo militar. Por isso, à noite, a frequência das patrulhas, tanques e policiais aumentava. No entanto, relaxava justamente por volta do meio-dia, porque os porcos acreditavam que ninguém era insano o suficiente para tentar roubá-la àquela hora do dia. E, é claro, muito menos, muitíssimo menos, um frangote de doze anos. Foi por isso que, quando o Dulce cruzou a calçada de sua casa e passou por entre os poucos guardas que estavam de serviço àquela hora, eles o cumprimentaram com um sorriso cúmplice, e ninguém se deu o trabalho de olhar enquanto ele gradualmente violava os cordões de segurança máxima do bloqueio, até chegar ao ponto exato onde repousava, brilhante e esverdeada, a pedrinha, ao lado de um soldado que o viu passar e, sem dar atenção a ele, se distraiu com seu celular. E, como quem não quer nada, o Dulce a guardou no bolso e voltou calmamente para casa.

O moleque fechou a porta, respirou bem fundo e, se preparando para o momento decisivo que estava prestes a viver, não teve medo quando retirou as baterias do Pampatone e, no lugar delas, inseriu violentamente a irregular e trêmula pedrinha, que pulsava como um coração recém-arrancado de um corpo sacrificado. Fechou a tampa do console com a pedra telepática dentro. Reconectou tudo.

E o que aconteceu a partir daí foi inexplicável.

Porque, apesar de ter se transformado num impotente tronco sem membros, o Dulce rastejou sob a neve através das cortantes *sastrugis*. Ele se arrastou incansável pelos intermináveis quilômetros que faltavam até o polo magnético da Terra e, ao chegar, inclinou a cabeça diante do imponente santuário dodecagonal da Grande Anarca.

E a partir desse momento todos os momentos da Terra se fundiram num instante de anarquia primordial, e não se pôde mais distinguir o século XXIII do XIX, nem Victorica da congelada Antártida, nem o Caribe Pampiano da infinita e vertiginosa planície do século XIX. Porque as doze letras da Grande Serpente, cujo nome secreto era Grande Anarca, haviam misturado a mágica rigorosa do videogame com o rigor mágico da realidade. E já não se podia mais separar o tempo, nem os séculos das horas, nem as horas dos dias, que sucumbiram ao enxame cósmico do pré-vida.

A envenenada dengue

Quer dizer que morreu?

Esparramada sobre aquela estranha superfície branca, sob o implacável sol antártico, a envenenada dengue viu tudo em menos de um segundo. O que um menino, uma menina, uma nonada envenenada pode repassar de toda a sua vida em breves instantes quando acredita que vai morrer? Pode-se pensar que evocaria sua amada mãe, lamentaria pelo pai que nunca conheceu ou recordaria alguma anedota engraçada ou traumática com seus coleguinhas de escola. Para dizer a verdade, em sua curta passagem pela Terra, não havia acontecido muito mais. No entanto (porque assim é a mente, inesperada e misteriosa, e ainda mais a de um mosquito mutante), a envenenada dengue não pensou em nenhuma dessas pessoas, mas sim em uma história que sua mãe costumava contar antes de dormir: a da "Branca de Neve e os sete anões". Podia se lembrar do começo de cor:

"Era uma vez uma rainha em uma gelada e ventosa noite de inverno. Esta rainha, enquanto tricotava junto à janela, observava a neve cair. Pela janela, os flocos de neve caíam lenta e ritmicamente em desordem, como penas de um infinito travesseiro. E olhando a neve, encantada, a rainha furou acidentalmente o dedo com a agulha. Três gotas de sangue caíram sobre a neve. E a rainha pensou: 'Quem me dera ter uma filha tão branca quanto a neve, tão vermelha quanto o sangue, tão bela quanto o inverno!'"

Esse início sempre desconcertou o (naquele momento) menino dengue. Basicamente, porque ele não entendia metade das palavras: o que caralhos era *inverno*, o que era *o frio*, o que era *a neve*, e por que causavam tanta fascinação?

Uma filha tão desejada quanto a *neve*, tão bela quanto o *inverno*...

O mistério desses vocábulos cujo significado se evaporava instaurou nele uma suspeita ainda maior: será que eu, um anormal menino dengue com tonalidades esverdeadas e marrons, deveria ser branco como a neve e belo como o inverno para que minha mãe gostasse de mim e me amasse de verdade?

Impossível saber. Pois no futuro em que esta história se desenrola, o frio, o inverno e a neve haviam desaparecido para sempre da Terra, e não existia uma maneira empírica de experimentar (pelo menos para um pobre menino de Victorica) seus efeitos. Naturalmente, sua mãe, que também vivera toda sua penosa vida em Victorica, não podia ajudá-lo muito, já que ela também nunca havia experimentado o frio, muito menos a neve. Ela apenas sabia (ou intuía de forma tão intensa que acreditava saber) que a neve era suave e bela, e que a pele das crianças bonitas tinha aquela cor e textura agradável, ao contrário de seu filho dengue, cuja epiderme era peluda, áspera e de um tom marrom-esverdeado.

Portanto, o dengue boy, como uma espécie de cabalista rabínico, convenceu-se de que, se conseguisse compreender o significado enigmático de *frio*, *inverno* e *neve*, abriria o cofre sagrado de seus arcanos, o segredo de como conquistar o afeto de sua mãe.

Porque o inseto desejava mais do que tudo ser branco como a neve, belo como o inverno e amado por sua mãe!

A sede de compreender a matéria enigmática que essas palavras ocultavam, *frio*, *inverno*, *neve*, tomou conta do pobre inseto, e ele exauriu todos os dicionários e enciclopédias que encontrou sobre esses mistérios. Ele leu repetidamente as definições:

Inverno. *Substantivo masculino. Em desuso.* Extinta estação do ano terrestre que antigamente ocorria entre os também extintos outono e primavera.

Ex.: "O inverno era o momento mais frio do ano."

Frio. *Substantivo masculino. Em desuso.* Sensação corporal de baixas temperaturas, característica do antigo inverno.

Ex.: "Fazia frio no inverno, especialmente se houvesse neve."

Neve. *Substantivo feminino.* Precipitação na forma de pequenos cristais de gelo provenientes do congelamento de partículas de água a temperaturas abaixo de 0°C, que antigamente ocorria no inverno terrestre e ainda ocorre em outros planetas ou por meios artificiais na Terra.

Ex.: "Quanta neve havia no inverno!"

O pobre menino leu e releu as definições, mas, para seu grande pesar, não entendeu nada. Seria porque (como seus coleguinhas de escola insinuavam) ele era meio burro? *Inverno, frio, neve.* Apenas palavras. Palavras! E, pior ainda, explicadas por outras palavras cujas definições eram ainda mais vagas e imprecisas.

In-ver-no, fri-o, ne-ve.

Herméticos hieróglifos que o menino saboreava sílaba por sílaba, na esperança de que assim não evaporassem da carne que alguma vez sua pele sonora retivera. Mas, desprovidas do sentido que lhes dava vida, apenas conservavam uma rítmica carcaça oca.

In-ver-no, fri-o, ne-ve.

Fenômenos atmosféricos que durante milênios tantos humanos e espécies experimentaram e viveram, mas que agora eram um mistério planetário, ficção especulativa dos fósseis, escrita oca da terra e das águas, assinatura geológica do nada!

A única estação que o Caribe Pampiano e a Antártica conheciam era o verão, escaldante, plano e homogêneo. Portanto, a nonada dengue, com o corpo ainda entorpecido pelo veneno, quando acreditou que iria morrer e viu uma gota de seu próprio sangue (na verdade, do sangue sugado impiedosamente de crianças e funcionários de Victorica), quando viu esse sangue, como dizíamos, escorrer pela superfície branca e enigmática onde caíra, lembrou-se de que a neve era branca e imediatamente evocou o início da história que sua mãe costumava contar, o adorável conto de fadas "Branca de Neve e os sete anões".

E, de fato, não se enganara tanto em relação àquilo que acreditava ser sua última memória, já que seu corpo envenenado havia aterrissado na pista de patinação no gelo do Grande Cruzeiro de Inverno, a emblemática companhia de cruzeiros que percorria as costas do Caribe Antártico, recriando para seus visitantes a estação fria que havia desaparecido do planeta e sua substância mais elementar: a neve, as geleiras e os icebergs. Nesses cruzeiros de luxo, alimentados pela tecnologia de geoengenharia de última geração da AIS, os turistas podiam experimentar na própria pele os prazeres únicos do inverno, incluindo uma de suas principais atrações, a maior pista de patinação no gelo do planeta!

E foi exatamente onde a moribunda dengue se estatelou, arruinando o ócio dos veranistas. Vamos recriar o cenário momentos antes de sua abrupta descida: nessa impressionante placa de gelo de trinta e sete metros de comprimento por dezessete de largura que coroava o terraço do navio de vinte andares com vista direta para o intocado e escaldante mar, os visitantes se apinhavam para ter uma experiência única, e que possivelmente nunca haviam vivido antes. Era nada menos do que uma viagem no tempo para outra era geológica, já que essas paisagens espetaculares não existiam de forma natural em nenhum outro lugar da Terra. Portanto, a fascinação não estava apenas em patinar com a elegante e inconfundível graça dos patins de gelo sobre uma superfície congelada, mas também em fazê-lo em temperaturas abaixo de zero, já que o ambiente onde a pista estava instalada recriava a atmosfera do rigoroso inverno da ancestral e agora submersa Nova York. Além disso, era Natal, a época mais movimentada e esperada pelo turismo internacional. Assim, enquanto os cânticos natalinos ecoavam, os turistas com seus pesados casacos moviam-se como cisnes fascinados em uma *terra incógnita*, que era esse quadrado branco cuja temperatura era mantida pelo esforço hercúleo de poderosíssimas máquinas refrigeradoras, uma superfície de gelo artificial, como dizíamos, adornada com bandeirinhas de todos os países anteriores ao Grande Degelo, diante das quais se erguia uma monumental estátua de ouro puro de Prometeu roubando o fogo dos deuses, já que a pista imitava nada menos do que a outrora desaparecida do Rockefeller Center, da Nova York também desaparecida sob as águas. Mas, claro, o escultor contratado pelo navio havia sido tão esperto que substituíra a chama na mão direita de Prometeu por um enorme bloco de gelo puro, que o titã roubava do abismo planetário do tempo, para que esses abastados turistas recuperassem (pelo tempo que durava o cruzeiro) uma era geológica que havia sido eclipsada para sempre da Terra: o Holoceno. E esse era, de fato, o lema do cruzeiro: *12.000 anos de história em um só lugar*, o Grande Cruzeiro de Inverno, uma vez que a empresa prometia uma recriação exata dessa era planetária perdida, o Holoceno, na qual o inverno, tal como a humanidade o conhecera, nascera e morrera. Assim, a "hibernação" (como a empresa chamava em suas propagandas a experiência do cruzeiro) se desenrolava dos andares de baixo para cima, narrando de maneira ascendente os doze mil anos de história do inverno. A proposta da curadoria começava no subsolo do navio, onde o fim do Pleistoceno era recriado em uma enorme câmara frigorífica com mamutes e mastodontes robóticos, e em que a diversão em família consistia em acender fogo com paus e pedras antes que os mamíferos pré-históricos atacassem. Em seguida, os níveis superiores ofereciam diversas experiências do inverno holocênico: entre as históricas, podia-se invadir cidades escandinavas com um barco viking, onde era possível matar, saquear e violar, ou então atravessar os Andes com o cavalo branco de San Martín, e nos andares de entretenimento geral havia pistas de esqui, câmaras frias que recriavam a aurora boreal e a aurora astral com raios laser, além de outras onde se podia experimentar diferentes formas de precipitação de água que ocorriam durante o inverno: neve, granizo, geada, cristais de gelo, além de um enorme iglu com cinema ao ar livre, cassino, spa, carrossel, um bar de coquetéis e um restaurante de sushi e churrasco, entre outras atrações da "hibernação" que as propagandas do cruzeiro garantiam reproduzir com perfeição. As antigas e gélidas delícias do gelo, da neve e do frio eram um verdadeiro tesouro dos deuses, roubado pelo próprio Prometeu apenas para aqueles que visitavam o Grande Cruzeiro de Inverno: um paraíso real onde se podia acessar um segredo tão maravilhoso quanto perdido, e os patinadores deslizavam pela pista em um clima de puro júbilo, propiciado também pelos cânticos de Natal, e as pessoas explodiam em gargalhadas, dançavam, riam e trocavam os sorrisos mais cúmplices e sinceros. Uma festa verdadeiramente inesquecível que permaneceria gravada para sempre nas retinas dos turistas, um sonho autêntico, não fosse pela violenta e abrupta aterrissagem do mosquito na pista ter arruinado tudo.

A nonada dengue caiu vertiginosamente e destruiu um pedaço da caríssima superfície frigorífica. Os alarmes barulhentos foram acionados, e os gritos e o pânico transformaram o carnaval numa bizarrice fúnebre. Os patinadores, aterrorizados com a visão de um mosquito tão horrendo, se aglomeraram em disparada em direção à saída, e, como os patins atrapalhavam a movimentação ágil e apressada dos pés, muitos deles tropeçaram e, em seguida, foram pisoteados pelas lâminas dos que fugiam desesperados. Curiosamente, o som abafado dos crânios pisoteados contra o manto congelado se misturava ao som dos clientes mastigando camarões fritos no restaurante da varanda (era o prato do dia), e houve quem reclamasse de alguém mastigando de boca aberta. No entanto, graças ao protocolo de emergência ensaiado no primeiro dia do cruzeiro, a razão prevaleceu rapidamente. Os patinadores que chegaram vivos à saída se alinharam em fila e, seguindo as instruções dos alto-falantes, foram evacuados de maneira exemplar. Lamentável, apenas, como dizíamos, foi a morte de uma dezena de turistas esmagados no início da evacuação pela multidão apavorada. E a ironia de que um horrendo mosquito tenha arruinado uma alegre tarde, e que a inesquecível festa de Natal tenha virado uma fantasmagórica e tristonha pista abandonada.

Depois disso, os evacuados voltaram para seus quartos ou foram comer camarões fritos no bar acima da pista, esperando que a equipe de limpeza eliminasse o horrendo intruso e os turistas falecidos para continuar patinando. E a nonada dengue, em seu estado agonizante, pôde ouvir dois homens que, já evacuados, observavam com irritação a pista desde o bar e o inseto que jazia ali, que havia interrompido seu sonho de patinar. Os turistas tomavam uísques com gelo (que eles mesmos picavam de um pedaço de geleira que sustentava a estátua de Prometeu) e conversavam sobre o monstruoso mosquito:

— Parece que é o quarto a cair em uma semana – disse um deles, para "quebrar o gelo".

— No final do século XXII, quando eu era moleque – respondeu o outro, que já tinha cabelos grisalhos –, os mosquitos eram uma praga que não ultrapassava o tamanho de um punho. Enchiam o saco, sim, mas um tapa e você os exterminava. Depois, com o desaparecimento de outras espécies voadoras e a expansão do clima tropical por toda a Terra, eles se adaptaram e, por falta de competição e predadores naturais, cresceram vertiginosamente. Agora, com sorte, os menores têm o tamanho de um frango de granja. Mas há alguns, viciados insaciáveis no sangue humano, que atingem o tamanho de enormes e repugnantes porcos. Parasitas monstruosos e vampirescos, que vivem do sistema circulatório alheio! Por mais que você os esmague com chineladas, eles não morrem, e você precisa dar um tiro na cabeça deles. E, além disso, a bagunça que eles deixam: um pântano fétido de sangue barrento e fedido. Isso é a mistura podre de centenas de litros de sangue misturado de sabe-se lá quantas pessoas. Agora eles chegam como uma praga do Caribe Pampiano. E eu, que conheço a região por causa de alguns negócios que tenho, sempre digo qual é a solução: jogar uma bomba atômica na América do Sul e começar do zero. Porque nessas favelas pré-históricas onde vivem, cheias de lama e merda, os mutantes mais selvagens se incubam. E, se os infectam, que se fodam por serem imundos. Mas depois eles se reproduzem como os mosquitos que são, e somos nós que pagamos por isso. Por sorte, avisaram que este já chegou meio vai-não-vai, e agora, em menos de dez minutos, as moças da limpeza levam ele embora.

De fato, a envenenada dengue, em seu estado de morre-não-morre, viu que algumas mulheres se aproximavam e, com pás e luvas, a levantavam e a colocavam em uma grande lata de lixo com rodinhas. No entanto, assim que a ergueram, um fedor pestilento e estagnado se espalhou e quase as fez desmaiar.

— Que cheiro de traseiro podre! – reclamou uma das empregadas, para humilhação da envenenada dengue.

Acontece que o veneno tinha corroído sua pele abdominal, cavando pequenos buracos, e a mistura de sangue de suas vítimas jorrava e, devido ao calor, se transformava em um imundíssimo xarope verdadeiramente nauseabundo e putrefato. Por isso, as mulheres, tapando o nariz com uma das mãos, faziam um esforço com a outra para enfiar a envenenada dengue na lixeira, e, como a lixeira não era grande o suficiente para sua corpulenta forma, sua cabeça ficou para fora, e então viu como a tiraram da pista e a levaram para dentro. Foi uma pena que a envenenada dengue, que em sua infância fora tão obcecada pelos fenômenos atmosféricos do inverno, não tivesse apreciado com mais lucidez os espetáculos invernais pelos quais passou quase moribunda dentro da lata de lixo. Porque, ainda sob os efeitos do veneno (que começava a ceder, mas ainda turvava sua visão), não percebeu que o carrinho passou pela sala que recriava uma implacável tempestade de neve antártica e depois atravessou os altos corredores polares da Grande Galeria de Icebergs, um gigantesco ambiente com lagos congelados onde jaziam autênticos fragmentos de icebergs da Groenlândia e da Antártida. Esse cruzeiro era famoso por abrigar uma das maiores coleções de fragmentos originais de icebergs, que, naturalmente, quando os cascos polares derreteram por completo, passaram a custar fortunas. Assim, a cotação do quilo de iceberg se tornou motivo de alta especulação financeira, tornando-se um parâmetro de valor tão decisivo na economia quanto o petróleo ou o ouro foram em tempos passados. Suas ações faziam parte dos pacotes mais exclusivos nas bolsas de virofinanças, enquanto os últimos resíduos do degelo eram disputados por ávidos colecionadores, desesperados para adquirir os póstumos gelos e preservá-los como tesouros em câmaras frigoríficas equipadas como galerias de luxo. Foram criados museus perfeitamente equipados para exibir essas peças exclusivas, e o Grande Cruzeiro de Inverno, como dizíamos, não foi exceção, já que abrigava uma das maiores coleções de fragmentos de icebergs da Terra. A envenenada dengue foi carregada por essa sala, mas, devido ao seu estado lamentável, não pôde ler as placas que descreviam esses monstruosos blocos. Parecia o obituário de um planeta que, fora das mágicas máquinas frigoríficas do cruzeiro, já não existia:

Fragmento da geleira Perito Moreno (12.901 mg)
Fragmento da geleira Sólheimajökull (537 mg)
Fragmento da geleira Vinciguerra (734 mg)
Fragmento da geleira Vespignani (8.973 mg)
Fragmento da geleira Lambert (121 mg)
Fragmento da geleira Amundsen (4.589 mg)
Fragmento da geleira Aviator (3.920 mg)
Fragmento da geleira Beardmore (54.120 mg)

Fragmento da geleira Erebus (200 mg)
Fragmento da geleira Fisher (78.430 mg)
Fragmento da geleira Greenwell (127.390 mg)
Fragmento da geleira Nimrod (6.702 mg)
Fragmento da geleira Júpiter (35.012 mg)
Fragmento da geleira Mariner (5.016 mg)
Fragmento da geleira Recovery (320 mg)
Fragmento da geleira Reedy (90.672 mg)
Fragmento da geleira Rennick (1.924 mg)
Fragmento da geleira Scott (8.026 mg)
Fragmento da geleira Slessor (20.376 mg)
Fragmento da geleira Smith (34.028 mg)
Fragmento da geleira Tuckler (99.673 mg)
Fragmento da geleira Veststraumen (78.345 mg)
Fragmento da geleira Wetmore (90.373 mg)

Eram nada menos do que as últimas ruínas do império geológico que esfriara e regulara a Terra por centenas de milhares de anos, destroços de gelo avaliados em trilhões e trilhões!

Anjos planetários de uma era perdida, últimas testemunhas geladas de que algo, alguma vez, foi chamado de iceberg, de que algo, alguma vez, foi o inverno!

Era verdadeiramente imponente passar pela Grande Galeria de Icebergs e não sentir o peso súbito da infância do mundo. Um relicário de verdadeiras joias planetárias, que agora eram principalmente água misturada com outras águas, e cuja soma das idades juntas era maior do que a de toda a humanidade. E, apesar de seu tamanho gigantesco, eram na verdade maiores do que pareciam, pois, com uma característica tão elogiada pela literatura, 90% de sua superfície estava abaixo da água. Ou seja, o que estava acontecendo em segundo plano sob o lago congelado era impossível de saber. Mas a envenenada dengue não percebeu nada disso, nem os 10% visíveis nem os 90% invisíveis, pois com sua aturdida inconsciência simplesmente passou por essa sala para outra, que recriava diferentes fenômenos atmosféricos produzidos pelas geleiras: *drumlins*, fiordes e, por último, uma das salas mais procuradas, que abrigava um *Titanic* em miniatura (com assentos para trinta visitantes), onde se vivenciava em perfeita escala a estada em seus camarotes elegantes, festas de luxo em seus suntuosos salões, o subsequente choque com o iceberg, o afundamento e o naufrágio em balsas em águas geladas! Mas para a envenenada dengue, como dizíamos, em sua névoa envenenada, isso não significou nada. Continuou passando por outras galerias e cenários do extinto inverno terrestre, e, quando finalmente entrou na área de descarte de resíduos, as sirenes de emergência do cruzeiro soaram a todo o volume. A praga que havia desembarcado nas costas de Pinamar Antártico algumas horas atrás finalmente alcançava o cruzeiro.

— Alerta! Alerta! Voltem todos para suas cabines!

— Alerta vermelho! Alerta vermelho! Uma invasão de mosquitos! Alerta vermelho! A nova cepa pampiana!

Era o novo vírus da dengue chegando em uma nuvem bíblica para destruir tudo. Do convés do navio, ouviram-se gritos desesperados e agônicos, evidentemente daqueles que já pereciam pelo efeito instantâneo do vírus. E talvez tenha sido a confusão e o repugnante aroma o que despertou seus instintos mais baixos, pois a envenenada dengue se desenvenenou abruptamente. Em sua curta viagem de envenenada a nada, a nonada dengue se levantou bruscamente de sua letargia e, ao despertar, encerrou com súbita lucidez o que acreditava ser sua memória final, a de "Branca de Neve e os sete anões". Ele voltou a lembrar:

"E a rainha pensou: Quem me dera ter uma filha tão branca quanto a neve, tão bela quanto o inverno, tão vermelha quanto o sangue!"

A nonada dengue (em uma reviravolta impensável que deu novo sentido a toda a sua vida) concluiu que a mãe não desejava essa filha por ser branca (como a neve) ou bela (como o inverno). Se a mãe desejava apaixonadamente essa filha, era porque estava suja de imundo sangue mamífero.

Uma filha parasitária e vampiresca que sugava até a última gota!

Como seus filhos, que vinham em seu socorro!

Assim, emocionada pelo reencontro com sua prole, a nonada dengue alçou voo da lata de lixo e os viu, mas como narrar esse encontro com a sintaxe do castelhano: humano, demasiado humano castelhano, que declina os nomes em singular ou plural, mas desconhece outras associações de números e corpos? Pois seus filhos, em uma disparada tão compacta que assumira a forma de uma nuvem, arrastaram tudo o que encontraram em seu caminho. Depois de exterminar todos os turistas e funcionários por que passaram na varanda, passaram por várias salas, andares e porões, mas foi quando picaram os técnicos que controlavam as salas elétricas e esses caíram epilépticos sobre os painéis de controle, modificando todas as variáveis de temperatura e umidade, que as caríssimas geleiras começaram a derreter rapidamente, os mamutes e mastodontes começaram a apodrecer, San Martín entrou em curto-circuito e seu bicorne e peitoral pegaram fogo. Aconteceu o mesmo com as barbas e mantos de pele de urso dos vikings, a pista de gelo se transformou em uma piscina cor-de-

-rosa que misturava a água derretida com o sangue dos caídos, enquanto os cânticos natalinos que saíam dos alto-falantes, que também flutuavam na água, se transformaram em um estridente e aterrorizante rugido geológico, e assim, em efeito dominó, todas as atrações do cruzeiro sucumbiram à temperatura implacável do Caribe Antártico, em uma viagem instantânea dos doze mil anos do Holoceno ao século XXIII, devido à anárquica caverna do tempo que a nuvem dengue fazia funcionar ou fazia com que nada funcionasse mais.

Enquanto isso, os mosquitos continuavam seu pernicioso avanço caótico e descontrolado. Eram implacáveis. Eram centenas. Eram milhares. Mas eram uma só. Uma nuvem. Uma nuvem zumbindo e apressada e inútil e talvez descontrolada ou pulsante ou venenosa como o amor, que havia chegado para salvar a mãe envenenada e que faria se retorcerem de dor os turistas que até um momento antes desfrutavam de um espetáculo único, que ninguém mais poderia desfrutar, porque, no futuro em que se desenrola esta história, apenas as pessoas com grana conheciam e desfrutavam do que o planeta já havia perdido. Do frio branco e do belo inverno, agora tingidos com a cor fétida do imundo e mamífero sangue derramado.

Salve, nuvem dengue!

O Dulce

Uma vez que se reconectou ao *Cristãos vs. Índios* 2 do Pampatone usando a pedra telepática em vez de suas baterias e acessou o nervo medular onde passado, presente e futuro eram um único êxtase e o tempo uma única presença caótica na emergência de ser, o Dulce testemunhou indistintamente eventos de eras antiquíssimas, quando um caldo de pré-vida sem forma florescia e governava tudo, e de outras futuríssimas, quando a Terra seria reconquistada pela grande anarquia primordial em uma grande contenda geológica que não entendeu. Testemunhou ecossistemas nascerem e morrerem, espécies emergirem, mutarem, se reproduzirem e adquirirem uma forma estável e bem-sucedida até sua extinção definitiva milhares de milênios depois.

Testemunhou a lenta formação dos continentes como a furiosa dança de galhos sobre a água. Testemunhou, em um instante, episódios cósmicos com milhões de anos de duração, que, do ponto de vista humano, parecem eternos, e que esculpem os planetas como o vento esculpe a areia. Testemunhou, em suma, a história natural do vivo e do não vivo, em que a humanidade é menos do que um suspiro, e, por isso, só pode reconstruir por meio de vagas conjecturas e, no entanto, nenhum desses espetáculos planetários impossíveis para a duração de uma vida humana o impressionou tanto quanto testemunhar em terceira pessoa o momento exato de sua própria morte. Seu calção caído sob um meio-dia insuportavelmente ensolarado em certa praia de Victorica que um dia não existiu e certamente não existirá, e um mosquito repugnante de proporções descomunais que o atacaria e o abriria ao meio como um frango.

O quê? Ele iria morrer tão cedo?

Em algumas semanas, assim que terminassem as aulas?

Ainda por cima, durante a colônia de férias, que tanto ansiava conhecer!

Por ironia da vida, que põe os pensamentos mais triviais nos momentos decisivos e que turva a biografia dos heróis com bobagens, lamentou apenas que morreria tão jovem que nem mesmo experimentaria o ânus macio de um ovejín:

— Parecia tão gostoso! – chegou a lamentar, lembrando-se de seus coleguinhas fornicando no banheiro da escola, porém ele e seu lamento e a lembrança de seus coleguinhas com súbita violência sucumbiram à grande visão fóssil dos vários êxtases da grande anarquia do tempo, quando, em menos de um segundo, reapareceu bruscamente na Antártida do século XIX do videogame. Aparentemente, a pedrinha telepática havia se conectado ao sistema operacional do Pampatone e o devolvera a *Cristãos vs. Índios 2*.

O Dulce, agora transformado em um tronco tosco, reapareceu no santuário dodecagonal da Grande Serpente, cujo nome secreto é Grande Anarca e, ao contemplar os símbolos sagrados de seu arcano, considerou que as visões recentes e confusas de milhões de anos no passado e no futuro eram uma espécie de milagre que demonstrava o poder e a devoção de sua Sagrada Divindade.

Foi exatamente por isso que, agora, ao perceber onde estava, sob a tempestade gelada da Antártida do século XIX, diante do santuário que tanto se esforçara para alcançar, lembrou-se de qual era seu objetivo: fazer, como havia jurado, sua oferenda à deusa. Entrou rastejando pela porta dodecagonal do santuário. Com um fósforo que segurava nos lábios e que riscou contra o áspero piso, acendeu as doze velas. Depositou (com os dentes, como pôde) o tesouro roubado em Guaminí em doze baús e se benzeu (imaginariamente, já que não tinha braços) doze vezes com o símbolo circular da Grande Serpente. Foi apenas quando terminou seus doze juramentos que percebeu, incrédulo, a límpida austeridade do santuário dodecagonal.

Nos relatos que ouvia constantemente dos outros Índios, narrava-se a exuberância dos tesouros que os fiéis deixavam ali: montanhas de espadas do mais fino metal, garrafões de vinho e sacos e sacos de carne cadavérica de Cristão, entre outras suntuosas ofertas que buscavam a suma aprovação da deusa. Contudo, para seu espanto, o santuário estava vazio: era um enorme e vazio iglu com teto e paredes de gelo, iluminado apenas por algumas velas derretidas à sua mais ínfima expressão, cuja cera ainda morna grudava no peito do pobre Dulce, que, reduzido a um toquinho de gente sem braços nem pernas, arrastava-se feito verme pelo chão. Dizia-se que, uma vez que o fiel alcançava o santuário dodecagonal da deusa e deixava ali sua oferenda, deveria atravessar uma das doze portas localizadas nas doze paredes de gelo da sala principal do santuário. O que quer que houvesse lá (um símbolo, uma dádiva, o augúrio de algo bom ou uma fatalidade) era a missão que A Grande Serpente encarregava ao fiel.

O Dulce se arrastou em qualquer direção, de olhos fechados (porque pensou que assim seu destino seria cumprido de forma menos arbitrária) e abriu a porta que lhe coube. No centro do vazio vestíbulo de gelo, havia uma caixa.

Sim, uma caixa.

Fechada e misteriosa como as que ele mesmo contrabandeava através do Canal Interoceânico de Victorica. E então a abriu com os dentes. Não sem dificuldade, é claro, já que estava perfeitamente selada com fitas e lacres, e a falta de membros preênseis (mãos ou pés) não lhe deixava alternativa senão sacudi-la com a mandíbula como um cão raivoso. Mas ele conseguiu e, quando terminou de rasgar o papelão e as tiras de plástico, encontrou um reluzente console. Teve que ler e reler a marca para acreditar que era o modelo mais recente do Pampatronics, imaculado, com aquele irresistível brilho e perfume típicos de um eletrodoméstico não utilizado. Como? A Sagrada Divindade lhe havia brindado com a chance de realizar seu sonho? Sim, sim, era o Pampatronics. O Pampatronics! Não a horrível falsificação chinesa que o otário do seu irmão havia lhe dado, mas o original, o Pampatronics, fabricado na Antártida, Pam-pa-tro-nics, aquele que ele sonhava em manipular e que recriava com perfeição o passado e o futuro da Terra.

O Pampatronics!

Além disso, dava para ver, incrédulo, que, na cartucheira do console, estava instalado o jogo mais aclamado, nada menos que *A Conquista do Deserto Espacial* (*Cristãos ~~vs. Índios~~* 4)! Uma aventura de realidade virtual em que várias empresas cristãs interplanetárias, após a extinção definitiva dos Índios, competiam pela colonização e controle do Sistema Solar. Como esse jogo contava com uma tecnologia antipirataria ainda não hackeada pelo Pampatone, o Dulce nunca havia sequer sonhado em comprar a versão pirateada na feira de Victorica. No entanto, dizia-se que os gráficos de *A Conquista do Deserto Espacial* (*Cristãos ~~vs. Índios~~* 4) eram tão sofisticados e vívidos que, mesmo que se conseguisse o original, o defeituoso Pampatone não teria sido capaz de reproduzi-lo, pois travaria assim que as ribombantes animações do início do jogo começassem.

E lá estava o Dulce, com a chance de jogar *A Conquista do Deserto Espacial* (*Cristãos ~~vs. Índios~~* 4) e nada menos do que no Pampatronics!

No entanto, uma suspeita súbita o paralisou. Ele já estava naquele preciso momento conectado ao Pampatone, jogando *Cristãos vs. Índios 2*. Seria possível conectar um console dentro de outro? E, nesse caso, que inconcebível confusão ontológica isso causaria? Experimentaria a alta qualidade e os imbatíveis gráficos do Pampatronics e de *A Conquista do Deserto Espacial* (*Cristãos* ~~*vs. Índios*~~ 4) conectado como estava na lata-velha do Pampatone? Por outro lado, se ele era Índio no jogo, por que a Sagrada Serpente queria que ele jogasse como Cristão?

Seu peito se encheu de ansiedade, mas ele concluiu que, se a Grande Serpente assim o desejava, ele deveria cumprir seu destino se tornando um pernicioso e traiçoeiro Cristão. Após se benzer doze vezes com o símbolo circular da serpente, botou o capacete do console brilhante (com notável precisão, já que, sem braços, teve que cabecear até que seu crânio se encaixasse nos sensores) e o ligou. Desapareceu na mesma hora da gelada Antártida do século XIX e emergiu no futuro, ou seja, num presente ligeiramente posterior à sua morte. Seu nome era Noah Nuclopio, e estava em Marte como CEO do conglomerado AIS-Influenza Financial Services-YPF, para onde viajara a fim de inaugurar a Patagônia Marciana, um grande projeto de geoengenharia planetária que sua empresa havia realizado nas Montanhas Nereidum, uma cordilheira com 1.143 quilômetros de extensão e com notável semelhança em forma e tamanho à antiga região da Patagônia da Terra (que, como hão de recordar, devido ao aquecimento climático havia se tornado um arquipélago de escaldantes ilhas desertas). O ambicioso objetivo da empresa, o Dulce apreendeu da memória de Noah Nuclopio, era justamente criar uma Patagônia em Marte. Não uma mera cópia (já que a versão terrestre não existia mais), mas uma melhor do que a original, com a mesma flora, a mesma fauna e as mesmas características naturais, porém ampliada. Aproveitando o infinito espaço virgem disponível dos vastos desertos marcianos, criaram uma Patagônia vinte vezes maior que a extinta, para lotear e vender para milionários de todo o cosmos, bem como construir enormes complexos turísticos com pistas de esqui e espetaculares hotéis que imitavam à imagem e semelhança a arquitetura e a geografia das principais cidades submersas, como San Carlos de Bariloche, El Calafate ou Punta Arenas.

— Só que desta vez sem os Índios! – acrescentou Noah Nuclopio entre as gargalhadas dos presentes, pois, se em *A Conquista do Deserto Espacial* (*Cristãos ~~vs. Índios~~* 4) os Índios não existiam mais, a rivalidade folclórica do videogame ainda persistia. Portanto, tudo era risos e brindes com champanhe na inauguração do Centro Cívico Marciano de Nuevo Bariloche. Noah Nuclopio cortou a fita inaugural que revelou a emblemática estátua de Julio Argentino Roca, perfeitamente copiada da que havia sido exibida na versão terrestre da citada cidade séculos atrás, e um painel anunciou para o Dulce:

Fundada a Patagônia Marciana, ganhou 10.000 pontos!

Noah Nuclopio (ou seja, o Dulce) olhou imediatamente para a tabela de classificação:

1. Ebola Holding Bank	2,346,751 pontos
2. AIS-Influenza Financial Services-YPF	2,346,728 pontos

Percebeu que pelejava pau a pau pelo primeiro lugar com o Ebola Holding Bank, que acabara de colonizar as planícies verticais de Júpiter e fundara lá o Gran Chaco Jupiteriano, um projeto que copiava esse ecossistema nas falésias de Júpiter a fim de estabelecer descomunais fábricas de exploração de quebracho e monocultivo intensivo de soja e palma, além de grandes hotéis para o turismo selvagem extraterrestre.

— Mas desta vez sem Índios! – enfatizou Noah Nuclopio outra vez, mas, como já estava de volta em sua nave espacial, ninguém riu.

Uma das grandes vantagens da geoengenharia em larga escala, o Dulce aprendia com a *Breve Introdução à Terraformação Planetária* (um tutorial que o videogame oferecia para jogadores inexperientes), era (ouvia enquanto eram acionados os motores de seu foguete): "a possibilidade de recriar valiosíssimos e já perdidos ecossistemas nativos da Terra em outros planetas, mas sem a inconveniência econômica e política de lidar com seus habitantes originários. Assim, a flora e a fauna nativas e suas paisagens fascinantes não apenas adquiriram o estatuto de mercadoria em estado puro, um recurso ilimitado capaz de se reproduzir e ser extraído infinitamente, mas também contornaram o obstáculo desagradável das populações indígenas e seu sentimentalismo insuportável pela terra (produzido pela ignorante superstição de que esta era irreproduzível). Essa nova tecnologia, que permitia a replicação de longos processos geológicos de milhões de anos em poucos dias ou semanas, gerava uma nova compreensão radical sobre o que é um lugar (uma floresta, uma cidade, um rio ou uma cordilheira). Certamente, não uma irreproduzível excepcionalidade para os nostálgicos, habitada pela etnia fulaninha ou pela comunidade beltraninha que parasita os recursos e sem sequer os explorar. Muito menos uma precisa coordenada de latitude xis e longitude ípsilon, localizada em um ponto exato de um país ou planeta imutável. Pelo contrário, uma geografia, um bioma, uma cidade, em resumo, *um lugar* não passa de precisas fórmulas geológicas que podem ser reproduzidas em grande escala em qualquer lugar do cosmos, uma soma aritmética de condições atmosféricas, de acidez, de temperatura, entre outras variáveis físicas, climáticas e hidrográficas que o empresário com a infraestrutura adequada reproduzirá e multiplicará infinitamente onde e quando quiser. Só que habitado por quem quiser e ao preço que quiser! Que a selva amazônica, o pampa ou as geleiras antárticas tenham surgido pela primeira vez ao sul do planeta Terra e não nas cordilheiras marcianas ou nas crateras lunares é mera casualidade planetária, um acaso cósmico, uma superstição galáctica que nossa empresa, AIS, busca corrigir de forma definitiva. Além disso, como é mesquinha a miséria de uma única Amazônia, que infelicidade uma única Patagônia, e que, além disso, já não existem mais... AIS fundará cem mil Amazônias, cem mil Patagônias, ou até mesmo infinitos paraísos em outros planetas!", terminou a gravação na mente do Dulce.

Enquanto isso, a nave decolava, e não havia tempo a perder se não quisesse se resignar a ficar atrás do Ebola Holding Bank na liderança na tabela de classificação. Agora que a Patagônia Marciana já estava fundada, o Dulce tinha que chegar rapidamente a Titã, a lua de Júpiter, onde deveria inaugurar as Cataratas Titânicas do Iguaçu.

A nave mergulhou na densa e amarelada atmosfera de Titã, que era tão espessa que parecia areia, e, entre tempestades e relâmpagos, finalmente avistou o empreendimento turístico e imobiliário da região. Era preciso ver para acreditar no esplendor inesgotável daqueles volumes monstruosos de metano (a substância da qual eram feitos os corpos líquidos de Titã), que caíam em um manancial violento em direção ao rio (também de metano), de modo que uma constante nuvem desse hidrocarboneto alcalino refrescava o intenso calor tropical das Missões Titânicas. Noah Nuclopio (ou seja, o Dulce) foi levado ao mirante em frente à Nova Garganta do Diabo, onde leu o discurso da ocasião (não há tempo para recordar dos detalhes) e cortou a fita inaugural que marcou o início da temporada turística das Missões Titânicas, na dita lua de Júpiter.

Fundadas as Cataratas Titânicas do Iguaçu, você ganhou 25.000 pontos!

Olhou a tabela de classificação:

1. Ebola Holding Bank 2,371,756 pontos
2. AIS-Influenza Financial Services-YPF 2,371,728 pontos

Mas, de novo, não havia tempo a perder, já que o Ebola Holding Bank continuava, emparelhado, a abrir novas colônias interplanetárias como se fossem doces (havia rumores sobre uma nova e espetacular Amazônia Venusiana, duzentas vezes maior que a original). Era necessário voltar à Terra, ao centro de operações da AIS-Influenza Financial Services-YPF na Base Belgrano II, para definir e planejar o próximo empreendimento da empresa.

Noah Nuclopio (ou seja, o Dulce) se acomodou e apertou o cinto para o violento lançamento em meio às tempestades elétricas de Titã. Lamentou ter bebido tanto champanhe nos coquetéis de inauguração das colônias, pois estava morrendo de vontade de mijar no momento menos apropriado da viagem. No entanto, a necessidade venceu as precauções e ele soltou o cinto, levantou-se de seu assento e, ao entrar no banheiro, como quem não quer nada, olhou-se no espelho pela primeira vez desde que havia se conectado ao novo videogame. Foi invadido por uma vertigem multifacetada para a qual nenhuma mente humana jamais foi preparada, por se transformar em um instante de uma criança de doze anos para um idoso de cento e cinquenta (a idade de Noah Nuclopio). Porque embora no Pampatone houvesse personagens de todas as idades, o característico defeito de fabricação do console não permitia se identificar com o corpo habitado. Com o Pampatronics, no entanto, sentia-se até a última terminação nervosa: tudo era real, mais do que real, vívido e intenso, e até mais vívido e intenso do que sua miserável e decadente vida em Victorica.

Viajar em um foguete pelo espaço!

Ser um adulto de carne e osso, mas um com dinheiro e poder, não como o otário do seu irmão!

Sonhos distantes e abstrusos que de repente se materializaram em um instante. Com taquicardia, com emoção, ele reconheceu seu novo corpo ao tocá-lo enquanto se olhava no espelho. Apalpou sua cara esticada por cirurgias plásticas (que na verdade faziam com que parecesse mais ter quarenta anos do que cento e cinquenta) e reconheceu o sonho de todo menino que quer ser um homem adulto: uma barba, uma barba! Uma barba que pinicava e coçava, como o mais glorioso dos sonhos! Apalpou seus enormes e musculosos braços e, finalmente, ao passar a mão pela braguilha e depois abaixar as calças do traje espacial para urinar, percebeu que tinha uma pica adulta, adornada com abundantes pelos pubianos:

— Um belo de um pau! – gritou, incapaz de conter sua emoção, enquanto o sacudia e soltava um potente jato de mijo. Pensou com agitada veemência que poderia foder com tudo o que quisesse, como o homem adulto cheio da grana que era, e voltou ao seu assento.

O foguete (que contava com um sistema de autonavegação) estava indo tão rápido que, no curto período em que ele tinha ido ao banheiro, já se aproximava da Terra. Viu pela janela o impressionante espetáculo do espaço e ficou emocionado, pois em sua vida paupérrima em Victorica nunca tinha andado de avião, muito menos de foguete interplanetário. Daquela distância, viu pela primeira vez a Terra como ela realmente era. Assolada por incêndios e temperaturas superiores a 90°C e cercada por uma camada atmosférica de insetos que lhe davam uma tonalidade amarelada em contraste com a escuridão do cosmos, parecia um grão prestes a explodir, e pensou que todas as pessoas que conhecia, seu irmão, os outros muambeiros, os PMs da vizinhança, não passavam de pequenas gotas de pus naquele enorme e imundo furúnculo sebáceo. Por isso, não sentiu vertigem ao descobrir (pela mente de Noah Nuclopio) que aquele planeta estava devastado e que apenas as pessoas cheias da grana (ou seja, ninguém que ele conhecesse) sobreviveriam graças à geoengenharia planetária da AIS, que estava reconstruindo os antigos paraísos terrestres em outros planetas, e assim a próspera economia da humanidade renasceria em novas e reluzentes colônias, localizadas em planetas virgens de história humana, porém prontos para serem habitados: planetas que eram a mais pura infância, o mais puro futuro, um porvir geológico indefinido para o destemido empreendimento capitalista, ao contrário do nosso, ressecado como uma uva-passa em sua agonia definitiva.

— Mas com que idade morre um planeta como a Terra? Quando termina sua vida útil? Qual é o prazo de validade? Qual o momento definitivo para pegar o navio, abandoná-lo arrasado e buscar novos rumos? – o Dulce se perguntou quase retoricamente, embora o sistema quântico de autonavegação da nave, justamente feito para responder a esse tipo de incógnita, tenha respondido:

— A idade da Terra é de quatro mil quinhentos e quarenta e três milhões de anos.

E Noah Nuclopio (ou seja, o Dulce) ficou tonto ao saber que, comparados aos seus insignificantes doze anos ou aos não menos fúteis cento e cinquenta do seu avatar em *A Conquista do Deserto Espacial* (*Cristãos ~~vs. Índios~~ 4*), a idade da Terra era um tempo geológico sem precedentes, insondável na minúscula dimensão de uma efêmera vida humana, e impensável até para o mais decrépito dos anciãos... Nada menos que quatro mil quinhentos e quarenta e três milhões!

Que velha arrombada!

Talvez as pessoas cheias da grana estivessem certas em abandonar aquela porca anciã de uma vez por todas, pensou.

O Dulce aproximou suas grandes e pesadas mãos do minúsculo e maltratado planeta em escombros, como quem realmente explode um grão imundo, mas, depois de brincar por um tempo que estava matando seu irmão e os muambeiros e os PMs da vizinhança, sua atenção imediatamente voltou ao fato de que agora tinha uma pica adulta.

E se ele fodesse um ovejín?

Era impossível para uma pessoa tão rica como Noah Nuclopio não ter uma ovejinoteca em algum canto do seu luxuoso foguete, uma coleção daquelas traquitanas que todo milionário que se preze ostentava. Levantou-se, vasculhou cada armário, porta e gaveta que apareceu em seu caminho e, de fato, não foi necessária uma busca exaustiva para encontrar, a poucos metros de distância, uma sala tomada por prateleiras onde estavam empilhadas centenas de ovejínes para todos os gostos, de todos os modelos e variedades à disposição, alguns que, apesar de sua experiência adquirida como muambeiro, nunca tinha visto na vida.

Havia de todas as formas e cores. Não apenas o modelo original que ele havia contrabandeado (a esponja de carne amorfa), mas alguns que pareciam insetos, outros animais, outros planetas, outras aberrantes mutações da matéria e outros simples objetos do cotidiano.

Agarrou um cuja etiqueta dizia "pulpetini". Parecia uma espécie de polvo e evidentemente daí vinha o seu nome. Foi seduzido pela múltipla quantidade de tentáculos violeta, firmes e robustos e, ao erguê-lo pela cabeça, sussurrou:

— Agora você vai provar um Dulce bem gostosinho, pulpetini...

E em seguida chupou o sifão que produz o gel. Assim que o tubo floresceu e emanou jatos pegajosos de gelatina numa erupção vulcânica, ele lambeu, com a sede de quem vagueia pelo deserto, até a última gota do fluido espesso. De repente, as pupilas de Noah Nuclopio dilataram. Seu rosto assumiu uma expressão sinistra e malévola, a de um verdadeiro diabinho, e sua pica ficou mais gorda e dura do que nunca.

— Ufa, agora você vai ver como é que eu vou adoçar seu cu, pulpetini... – balbuciou, já em um nível de excitação muito alto, com a baba que escorria dos lábios até o queixo.

Baixou a braguilha e penetrou o dispositivo. Como que por reflexo, os ziguezagueantes e hipnóticos tentáculos do ovejín foram ativados, começando a acariciá-lo e a envolvê-lo, entrando em sua boca e ânus ao mesmo tempo. O Dulce, com a boca cheia enquanto penetrava e era penetrado, berrava de intensíssimo prazer. Chegou até a murmurar:

— Me recheia, caralho! Como se fosse a porra de uma linguiça! Da porra da sua geleia tentacular!

O pulpetini obedeceu. Uma vez que o grosso tentáculo que lhe entrou pela boca fez um considerável esforço para passar o grosso tronco florido com ventosas pela garganta, e, entre bufadas e arquejadas de Noah Nuclopio, que era simultaneamente penetrado da mesma forma na bunda, alcançou as paredes do esôfago por um lado e a viela mais recôndita do duodeno por outro, disparando dois mísseis de geleia tentacular, que primeiro arderam feito lava e sacudiram os membros do Dulce como os de um condenado à cadeira elétrica por quase meio minuto, depois o deixando congelado, com o corpo entorpecido numa espécie de *rigor mortis* definitivo. E, longe de sentir terror ou medo diante da rigidez cadavérica dos seus membros, o efeito ardente da substância mergulhou-o numa nebulosa de inimaginável e inédita plenitude, como um buda que alcançou a iluminação. Enquanto isso o polvo cuspia mais mísseis e untava o corpo de sua vítima, já paralisada, com a espessa geleia, e os testículos e o pênis de Noah Nuclopio se invaginaram, e seus peitorais incharam e se bifurcaram até se transformarem não em dois, mas em cinco tetas enormes, ao mesmo tempo que o polvo, com seus tentáculos, o botou de quatro (deve ter feito um esforço considerável devido à rigidez que persistia nas extremidades) e o pulpetini esporrou mais geleia, que esfregou nos invaginados genitais do Dulce, que, ao ver o efeito da geleia no seu corpo, geleia transparente que emanava em manancial do dispositivo, percebeu que ela borbulhava na sua pele como uma espécie de fritura, e depois explodia em lágrimas epidérmicas e nebulosas de crustáceos que rangiam e cantavam e que cirurgicamente sulcavam mais incisões vaginais. Frios e cinzentos, os tentáculos tocaram suas costas, penetraram (de novo) sua bunda e (ao mesmo tempo) sua boca e sua vagina, e ejetaram óleo quente, um óleo ardente como uma brasa, como o fogo de uma supernova em expansão, e seu umbigo se invaginou, e seus cinco mamilos se invaginaram, e suas orelhas e seus olhos se invaginaram, e os orifícios de seu nariz e cada orifício capilar de seu couro cabeludo se invaginaram, e se invaginaram as unhas de seus dedos das mãos e dos pés, e se invaginou cada um dos poros de sua pele e as papilas gustativas de sua língua, e então os tentáculos (que também se multiplicaram para serem equivalentes ao número de vaginas) começaram a penetrar os orifícios flamejantes, e explosões de geleia e lava tentacular em bombardeio bélico, e, quando a confusa densidade do prazer chegou ao abismo de onde não há mais retorno porque ali está outro abismo, os alarmes da nave e um tremor que sacudiu a cabine com estrondo arremessaram Noah Nuclopio contra a parede e interromperam tudo.

— Mosquitos arrombados! – escutou o controle de autonavegação do foguete gritar. De fato, o impacto de um daqueles gigantescos insetos contra a fuselagem causou uma violenta turbulência quando a nave entrava na Terra. Para piorar as coisas, ao explodir, o mosquito salpicou as janelas da nave de sangue repugnante. Mesmo com a avançada tecnologia espacial do século XXIII, o pouso na Terra se tornara um momento de incontrolável risco, já que a alvoroçada quantidade de trilhões de mosquitos enormes que zuniam e orbitavam ao seu redor era tão grande que criou uma nova camada atmosférica entre a mesosfera e a troposfera, batizada de mosquitosfera, que orbitava em uma nuvem constante e expunha qualquer veículo que decolasse ou aterrissasse a todo tipo de perigosíssimos acidentes: desde rachar os vidros e despressurizar a nave, entrar em uma turbina e danificar suas hélices, até o mais comum e selvagem, colidir com o enorme veículo e sujeitá-lo a violentos solavancos, que era exatamente o que estava acontecendo agora.

Noah Nuclopio notou com aborrecimento que suas múltiplas vaginas tinha se fechado e que o ovejín tentacular estava caído ao seu lado, enrodilhado em seu sono.

— Mosquitos arrombados... – repetiu, ecoando o seu chofer.

Atormentou-se, pois as malditas turbulências haviam interrompido a trepada, e se preparou para chupar outra vez o gel, quando um alerta na tabela de classificação o trouxe de volta à agitação diária de suas ocupações.

1. Ebola Holding Bank	24.567.830 pontos
2. AIS-Influenza Financial Services-YPF	24.567.830 pontos

Ao que tudo indica, enquanto Noah Nuclopio trepava com o ovejín, sua empresa havia alcançado a primeira posição na tabela, mas depois foi superada pelo Ebola Holding Bank e, mais tarde, a AIS-Influenza Financial Services-YPF o alcançou novamente. As duas megacorporações de virofinanças estavam empatadas na liderança, superando, é claro, com grande vantagem, todas as outras empresas de qualquer outro setor, já que o vírus que ambas patrocinavam, o da dengue pampiana, estava se intensificando e assolava incessantemente todo o globo terrestre.

Isso porque, nos tempos que corriam, o capitalismo de virofinanças era de longe a atividade mais lucrativa da Terra. A especulação viral estava vivendo uma era de ouro, e nenhuma corporação dedicada a qualquer outra atividade poderia nem sequer alcançar uma fração mínima de seus dividendos, que eram monopolizados, como já mencionado, pelo Ebola Holding Bank e pela empresa de Noah Nuclopio.

Depois de uma primeira etapa de incerteza devido à irrupção inesperada do novo vírus da dengue antes de seu sequenciamento, que havia desencadeado o grande crash de 72 da Bolsa de Valores do Pampa, os esforços hercúleos dos mais experientes virofinancistas em prever algoritmicamente o tipo e o volume de vendas causadas pela doença transformaram a pandemia em uma mina de ouro para esse setor da atividade financeira. Assim, à medida que os mosquitos proliferavam e se tornavam uma praga incontrolável e arrasadora, devastando cidades inteiras e determinando uma data de expiração iminente para a espécie humana que continuava na Terra, os pacotes compilados pela AIS-Influenza Financial Services-YPF e Ebola Holding Bank dispararam naturalmente, incluindo ações de imobiliárias extraterrestres (um setor em ascensão, já que os ricos fugiam em massa da Terra), além de vacinas, medicamentos e outros insumos relacionados à doença. A demanda por esses ativos preciosos aumentou vertiginosamente sem encontrar limites, e, para arrematar, a mutação constante do vírus (que, segundo os cálculos dos computadores quânticos monumentais do IVF – Indicador de Vírus Financeiros –, ocorria a uma velocidade nunca antes vista) garantia que sua vida útil nunca terminaria. Dessa forma, o investimento do capitalismo na maior catástrofe epidemiológica do planeta havia se tornado o principal motor da especulação financeira, disputado palmo a palmo pelas empresas de Noah Nuclopio e Ebola Holding Bank, e não se podia deixar nenhum detalhe ao acaso se quisessem dominar o ranking. Foi então que a AIS-Influenza Financial Services-YPF, em uma jogada de mestre, implantou em centenas de úteros do Caribe Pampiano as larvas infectadas de uma nova e complexa mutação da dengue, da qual apenas eles tinham a fórmula da vacina que o preveniria e do coquetel de medicamentos que o curaria. E, quando divulgassem essa informação (era, de fato, a finalização desse projeto que levara Noah Nuclopio ao Caribe Antártico), suas ações liderariam de forma monopolista e indiscutível o setor de virofinanças.

Após as complicadas turbulências causadas pela tempestade de mosquitos, a nave iniciou seu pouso no centro de operações da Base Belgrano II, nos depósitos de fósseis raros explorados pela YPF, onde Noah Nuclopio mantinha seu centro de operações. Enquanto aterrissavam na pista, era possível avistar, cercado por um grande aparato militar, o famoso YPF Mosquiteiro, a máquina de extração de fósseis mais poderosa da Terra. Porque, em homenagem ao novo mosquito que dominava a Terra e que havia inaugurado a era de ouro das virofinanças e que em breve consolidaria de maneira definitiva o monopólio hegemônico para a AIS-Influenza Financial Services-YPF, a grande usina que sugava metais raros do centro da Terra foi construída com a aparência de um monumental mosquito jurássico, de uma magnitude que talvez só seria alcançada por espécimes futuros dentro de milhões de anos, devido à falta de concorrência com outras espécies.

No entanto, quando o Dulce viu o titânico mosquito maquinal de extração de minerais, foi atingido por uma revelação sísmica. As memórias se sobrepuseram de forma caótica. Recordemos que, após o instante de frenesi violento quando, ainda em Victorica, inseriu a pedrinha telepática no lugar das baterias do Pampatone e, ao se conectar, os três êxtases do tempo se fundiram em um só, o Dulce acessou, num incalculável instante mudo, não apenas o arcano subterrâneo de momentos remotos no passado e o presente da Terra, quando um caldo de pré-vida florescia e governava tudo, e as coisas (o vivo e o não vivo, o ser e o não ser) eram uma única entidade, A Grande Anarca, mas também acessou momentos imediatamente posteriores ao seu presente, quando seria assassinado por um mosquito apelidado de "dengue boy", nada menos que um dos mutantes que sua própria empresa havia produzido e patrocinado. Calculou, com a confusão causada por aqueles anacronismos simultâneos, que, se matasse nesse futuro o mosquito que seria seu algoz, talvez nunca fosse assassinado.

E calculou que aquela distorção do tempo em que habitava aquele corpo era posterior à sua própria morte, e nada menos que o corpo de um dos homens mais poderosos do Sistema Solar, o de Noah Nuclopio, lhe fornecia todas as ferramentas imagináveis para exterminar o mosquito imundo que marcaria seu destino, e sobreviver assim de modo contrafactual à própria morte em um mundo no qual estava conectado ao Pampatone, que por sua vez o conectava ao Pampatronics, no qual ele era Índio e depois Cristão.

Ao chegar ao centro de operações da AIS-Influenza Financial Services-YPF no polo geomagnético terrestre, entrou em seu escritório, se sentou, e se convenceu de que precisava eliminar, de alguma forma, aquele mosquito. No entanto, ao observar a interminável mosquitosfera que enevoava o céu, pensou: Como identificar meu algoz entre a vasta e multiforme nuvem de trilhões e trilhões de mosquitos que povoava a Terra? Como identificá-lo sob o signo incalculável do múltiplo? Não era, antes de tudo, a sua tarefa e a de sua empresa calcular, enumerar, dígito a dígito, tornando calculável o incalculável?

Mas, se o incalculável se tornasse calculável, teria sentido matar o mosquito e salvar sua vida, se o preço a se pagar fosse o fracasso do projeto de sua majestosa empresa?

De fato, matar o mosquito salvaria o Dulce, mas, ao mesmo tempo, acabaria com a nova cepa da dengue que havia incubado em Victorica (já que esse mosquito mutante era seu principal vetor), e assim o projeto malévolo de superar o Ebola Holding Bank com o experimento das larvas mutantes fracassaria, e sua empresa iria à falência.

Assustado, aterrorizado, sentiu uma baita confusão.

Qual era o propósito da Grande Serpente para ele?

Agarrou a cápsula que anunciava a tabela de classificação das corporações:

1. Ebola Holding Bank 24.567.830 pontos
2. AIS-Influenza Financial Services-YPF 24.567.830 pontos

Enquanto examinava fascinado os números e se certificava de que não houve surpresas na pontuação, ele se perguntou:

A vida ou a grana?

Mas o que é a vida sem grana, ou, pior ainda, a grana sem vida?

Se sobrevivesse, sua empresa quebraria. Mas se não matasse o mosquito, ao sair do videogame, em poucos meses, quando terminassem as aulas e ele fosse enviado para a colônia...

Desperdiçava nessas paradoxais aporias os valiosíssimos minutos dos quais a concorrência provavelmente se beneficiava, quando violentas batidas na porta de seu escritório o devolveram à realidade (ou fosse lá o que fosse aquilo em que se encontrava naquele momento).

— Senhor, senhor – disse seu muito agitado assistente – estão te procurando. É urgente.

Pediu que entrassem.

Enquanto isso, ao sacudir a cápsula que mostrava as pontuações, voltou a perguntar mais uma vez:

A vida ou a grana?

A porta se abriu e, de fato, a figura que entrou não era múltipla, mas única e calculável.

A vida ou a grana?

Um. Calculável.

A vida ou a grana?

Múltiplos. Incalculáveis.

O visitante entrou, mas não era um funcionário da empresa. Nem sequer era humano. Contudo, no meio da incessante convergência de tempos que reconectavam o Pampatone ao Pampatronics, o século XIX ao ano 2272, e sua vida à sua morte, era quem estava realmente esperando.

Na dimensão múltipla do múltiplo, do tempo impermanente arrancado de suas molduras que A Grande Anarca propiciava, o encontro entre o Dulce e ela se repetiu.

Final

Quando a menina dengue entrou em seu escritório, Noah Nuclopio não soube o que fazer. Ali viu aquela imunda, com as asas e as patinhas dobradas, as antenas e a probóscide apontando para o chão, e um olhar triste e desolado como se estivesse pedindo permissão, completamente intimidada e reduzida à sua mais mínima expressão diante de alguém que via pela primeira vez e acreditava ser ninguém menos que seu pai.

— É verdade que você é meu pai? – perguntou-lhe a mosquitinha assim que o viu, sem prolegômenos ou apresentações, com os múltiplos olhos omatídeos encharcados de uma espessa substância que, na falta de equivalente melhor, chamaremos de lágrimas – É verdade ou não? – insistiu a menina dengue diante do silêncio de Noah Nuclopio (ou seja, o Dulce), que não soube o que responder.

Por um lado, ele estava apenas jogando um videogame dentro de outro, e não tinha a menor ideia se Noah Nuclopio, seu avatar em *A Conquista do Deserto Espacial (Cristãos ~~vs. Índios~~ 4)*, era de fato o pai daquela horrenda criatura. Por outro lado, caso fosse verdade, ele próprio nunca tinha tido um pai e não sabia (se quisesse fingir esse papel) como um progenitor lida com sua prole. Mas em uma parte íntima de seu ser havia um dilema mais fundamental: finalmente ela estava diante de seus olhos. Era ela, ela mesma, nada menos que sua algoz, o imundo inseto que abriria suas entranhas ao meio e seu corpo sem vida. Olhou com nojo para as grossas antenas cobertas de pelos que pareciam espinhos e a barriga marrom que pulsava com sangue e as patas bicolores, finíssimas feito alfinetes, e os olhos fragmentados em minúsculos olhinhos geométricos e desiguais que lhe despertaram uma fobia ancestral e o ferrão que (percebeu naquele momento) não era um cabo uniforme mas uma espécie de bico de tucano de onde emergia sua arma assassina e pensou: se essa pavorosa coisa imensa e viva há de ser minha algoz, mas ao mesmo tempo a autora ancestral do novo vírus da dengue, deveria matá-la e me salvar, ou salvar a empresa e deixá-la viver?

A vida ou a grana?

Nervoso, ele optou pela grana.

— Sim, sou seu papai. Minha filhinha! Eu te criei para o arriscado e lindo jogo da vida, introduzindo algumas larvas infectadas na vagina da sua mamãe. Você foi criada com muito, mas muito amor, por meio de um complexo experimento genético e financeiro, para que o vírus que você carrega alimentasse as ações da minha empresa. E agora que você se reproduziu indefinidamente, e sua prole formou uma espessa camada de insetos que cobre o planeta entre a mesosfera e a troposfera, e sua espécie governa os processos atmosféricos da Terra sem grande concorrência, nossa empresa é a mais poderosa do mundo. Graças a você! Salve, menina dengue! Salve sua prodigiosa utilidade para a especulação virofinanceira para a qual você foi criada!

De repente Noah Nuclopio se alarmou devido a uma mudança no ranking:

1. AIS-Influenza Financial Services-YPF	24.689.691 pontos
2. Ebola Holding Bank	24.679.035 pontos

Finalmente!

Seus olhos se umedeceram de emoção. A nova cepa de dengue havia recrudescido de uma vez por todas no Caribe Antártico, e seus efeitos estavam afetando as ações de sua empresa, levando-a a uma liderança incontestável. E tudo graças a ela, a menina dengue: ali estava a autora intelectual de sua enorme riqueza, nada menos que sua filha.

Como um gesto de infinita gratidão patriarcal, ele conteve seu nojo, abriu os braços o mais amplamente que pôde para abraçar o monstruoso inseto e gritou:

— Minha filhota!

A menina dengue recuou e se sentiu enjoada. Então quer dizer que tudo o que ela havia feito era para que seu velho ganancioso enchesse os bolsos? As pessoas que ela tinha infectado e matado com tanto tesão e suor, acreditando que assim se vingava de sua condição horrenda, não eram mais do que parte de um plano maquiavélico que monetizava a empresa de seu pai?

Mas outras incógnitas que haviam perturbado as antenas da mosquinha quando chegou à sede da YPF na Base Belgrano II de repente se ordenaram e reverberaram em uma misteriosa série. Por exemplo, o que era aquele bestial mosquito de aço de monumentais proporções que sugava incansavelmente as entranhas da Terra. E por que estava cercado por uma segurança militar tão rigorosa como nunca tinha visto: centenas de torres de controle, helicópteros, tanques, milhares de soldados com metralhadoras, máscaras e trajes químicos, como se o que aquele mosquito mecânico estava sugando fosse um terrível segredo que ninguém jamais deveria conhecer.

— Por que é que tem tanto porco fardado cercando aquele mosquito gigante? – finalmente perguntou a menina dengue.

E Noah Nuclopio contou a história das pedrinhas telepáticas. Como, depois que as camadas de gelo que haviam coberto a Antártida Argentina desde tempos imemoriais derreteram, e a YPF (com o patrocínio de capitais britânicos) começou a extrair petróleo das entranhas da Terra, uma nova e incompreensível formação geológica ancestral foi descoberta, uma espécie de pré-vida, cujos poderes telepáticos (ainda vedados ao conhecimento científico) mergulhavam as pessoas que trabalhavam no poço na mais terrível loucura. Os trailers onde os trabalhadores viviam se tornaram de um dia para o outro um grotesco circo de psicóticos: brigas aos gritos com furiosas entidades inexistentes, miragens e alucinações noturnas, entre outros tantos episódios psiquiátricos que levaram a suicídios e homicídios. Inicialmente, pensou-se que o agravamento da loucura se devia ao intenso e solitário ritmo de trabalho na tundra antártica, e foram implementados turnos rotativos, que só multiplicaram e pioraram a quantidade de trabalhadores afetados, até que a verdade foi descoberta.

E por isso (prosseguia Noah Nuclopio), por medo de que o inexplicável prodígio geológico ultrapassasse os limites da Base Belgrano II, o poço se transformou em um segredo de Estado altamente vigiado, que o Exército Argentino, com o apoio das Forças Britânicas, observava com zelo, enquanto o YPF Mosquiteiro continuava a sugar e os mais destacados geólogos estudavam o potencial energético e industrial daquelas pedrinhas, que ainda eram um verdadeiro mistério.

Por ora (acrescentou Noah Nuclopio), sabia-se apenas que os perniciosos prodígios telepáticos não apenas enlouqueciam a mente, mas também a materialidade das coisas, e que por isso sua mais poderosa agenda, aparentemente originada de microrganismos primitivos fossilizados em sua compacta matéria datando da infância da Terra, tinha como principal função fundir objetos em uma única anarquia sem forma. Na verdade, o que parecia ser causado pela pré-vida que governava aquelas pedrinhas era o desmembramento das estruturas membranosas que separavam as células umas das outras, eliminando a distância entre as coisas e, em última instância, se as incontáveis toneladas dessas antiquíssimas formações fósseis que jaziam nas profundezas fossem liberadas sem nenhum tipo de controle, a infinita multiplicidade de coisas que povoavam o mundo, separadas e individualizadas umas das outras, contabilizáveis por meio de dígitos e intercambiáveis entre si, se tornariam indistintas, e o mais sólido princípio de todos, o da propriedade privada, de que uma coisa pertença a uma pessoa e não a outra, desmoronaria para sempre.

Noah Nuclopio, após esse conciso resumo, sentenciou:

— Aqueles que receberam a perniciosa influência psíquica das pedrinhas chamam isso de A Grande Anarca, e é uma força que tenta se esconder da população há anos, dizem que sem sucesso, porque seu efeito é incalculável e, justamente por isso, catastrófico.

— A grande o quê?

— A Grande Anarca, você é surda?

A menina dengue sentiu de súbito o fogo sagrado de uma revelação. Porque se lembrou de que, quando quis descobrir sua origem mestiça e perguntou à mãe como nasciam as crianças dengue *dengue*, ela havia proferido a enigmática sentença que continha aquele nome ("Quer que falemos sobre A Grande Anarca?").

Então, talvez, a antiquíssima substância dessas pedrinhas guardasse o verdadeiro segredo de sua origem. E o impostor Noah Nuclopio não fosse, de fato, seu pai, mas sim o poderoso poder fóssil que pulsava havia tempos imemoriais no poço.

A menina dengue perguntou a Noah Nuclopio:

— E onde posso conseguir uma dessas pedrinhas?

Noah Nuclopio riu. Ele apontou para um frasco perfeitamente lacrado em sua mesa. Dentro, refulgia um pequeno ovo fluorescente. Era lustroso e percorriam-no pequeninas veias que pulsavam e mudavam bruscamente de brilho e cor.

A menina dengue se aproximou do frasco que guardava a pedrinha telepática e o abriu. Temerosa de seus efeitos desconhecidos, a menina dengue a tocou com seu bico. De imediato ouviu dentro de sua própria cabeça, como se uma cavernosa voz primitiva vinda das entranhas da Terra sussurrasse:

— Quer que falemos sobre A Grande Anarca?

— Sim – respondeu a menina dengue sem hesitar.

— A Grande Anarca. A Grande Anarca é você.

A menina dengue não entendeu o sentido literal dessa mensagem, mas ao mesmo tempo se deixou levar pela potência pré-histórica de sua voz. De repente, entendeu tudo: em um experimento sem precedentes,

Noah Nuclopio havia introduzido a pré-vida que governava as pedrinhas no útero de sua mãe. E assim nasceu a aberrante linhagem de doze letras. Menino dengue. Menina dengue. A mamãe dengue. Nonada dengue. A nuvem dengue. Todos codificados na estrutura dodecagonal d'A Grande Anarca. A menina dengue olhou para Noah Nuclopio, seu pai, e, onde esperava encontrar alguma característica ou expressão semelhante às suas (o que poderia ter em comum, afinal, um elegante homem humano com aquele inseto horroroso?), não encontrou seu pai, mas o Dulce, o odioso garoto que ela havia conhecido e exterminado na colônia de férias de Victorica.

Ela se lembrou subitamente das hediondas praias do Caribe Pampiano e da areia infestada de detritos e vigas retorcidas e enferrujadas e da água malcheirosa e do Dulce, que conduzia a orquestra diabólica contra seu ser.

O inseto é um eunuco!

O inseto é um eunuco!

In-se-to eu-nu-co!

In-se-to eu-nu-co!

In-se-to eu-nu-co!

Em sua cabeça ainda ecoava como uma maldição esse refrão, cada sílaba do *staccato* rítmico era uma punhalada que perfurava seu peludo e uniforme peito, como um persistente trauma que a fazia recordar por que odiava cada vez mais a humanidade.

Seu pai de repente se transformou em um roliço menino de doze anos.

— Mas você não é o Dulce? O que está fazendo aqui se passando por este Cristão, se você é um miserável Índio de Victorica como eu?

O Dulce também sentiu a tormenta interna de uma revelação e percebeu que a menina dengue estava certa. Não seria melhor matá-la e voltar à sua vida de Índio em Victorica, em vez de se passar por este Cristão milionário que, no fundo, era seu inimigo?

Mal conseguiu, porém, agarrar com força a esfera que anunciava as ações de sua empresa (talvez jogá-la com violência pudesse matá-la), quando a menina dengue o olhou outra vez e sentiu tanta raiva pelo idiota que seu bico se inchou de fúria, e com o pulso feroz de um açougueiro abriu seu abdômen como o de um frango. Quando os intestinos do Dulce afloraram em uma súbita explosão, ela os cortou de uma vez, como se cortasse uma mangueira que espalhou um aguaceiro de sangue e restos alimentares.

E quando recuperou os sentidos, o Dulce havia se desconectado do Pampatronics no Pampatone e estava de volta à escaldante sauna de seu barraco em Victorica. Pensou com vergonha que a menina dengue (que era a própria Grande Serpente) estava certa. E compreendeu que, se tinha feito aquela viagem cabalística para o encontro final com sua deusa e múltipla algoz, havia sido para que ela lhe revelasse a verdade dodecagonal que lhe fora designada. Ele sempre seria um Índio. Nunca um Cristão. Então, tirou a pedrinha telepática do compartimento das pilhas do Pampatone e simplesmente ouviu:

— Quer que falemos sobre A Grande Anarca?

Ele arrebentou a própria cabeça com a pedrinha e se fundiu na escuridão mais absoluta.

Enquanto isso, na Base Belgrano II, a menina dengue, a mosquita das doze letras, entendeu que, para se tornar A Grande Anarca, precisava mergulhar no poço onde a centelha da pré-vida pulsava, onde o ser e o não ser, o vivo e o não vivo se misturavam sem forma ou harmonia. Então alçou voo e se preparou para romper o cordão de segurança que cercava o YPF Mosquiteiro, que, por sua vez, sugava a pré-vida da Terra. A menina dengue passou sobre o primeiro cordão de postos de segurança, que, assim que a viram, abriram fogo furiosamente, fios de aço que zumbiam como insetos à sua volta, mas não a acertavam, e, conforme ela avançava incólume em direção à besta hidráulica, o segundo cordão, o terceiro cordão, o quarto cordão (havia cinco), em direção ao monumental YPF Mosquiteiro, os tanques também dispararam contra ela, e, como a menina estava tão concentrada em desviar de um desses explosivos, não viu a nova rajada de metralha que se alojou em seu ventre. A menina dengue pôde sentir num instante o pof da explosão gelatinosa em seu vultuoso abdômen, que lançou uma chuva ácida de espesso sangue pútrido que se confundiu com a fumaça do tiroteio, e que a fez, menina dengue, perder todo o domínio e controle de si. Entrou em queda livre e estava prestes a se chocar contra o bestial Mosquiteiro, quando, em uma proeza de derradeiro malabarismo, inclinou suas asas para o lado e, apesar de seu corpo rasgado pelo chumbo das balas, descreveu algumas voltas no ar como a mais sofisticada das ginastas, desviou do mosquito metálico. Assim, precipitou-se irremediavelmente nas mandíbulas geológicas que abrigavam as pedrinhas telepáticas, e que o Mosquiteiro sugava, e na mira dos rifles apontados para ela havia apenas um abismo de luminosidade fluorescente e sem fundo.

E quando a nonada dengue entrou nas mandíbulas primordiais do poço e viu o que ali reinava, sem forma ou harmonia, ela finalmente se fundiu com a fonte da anarquia primordial, com a imemorial inteligência geológica e com o uno iniciático do qual emanava tudo o que sabiam. Descobriu que "O Aleph", um conto que ela tinha lido em uma versão adaptada para crianças, era um mero artifício da mente, porque um ponto que inclui todos os pontos não pode existir em nenhum lugar da Terra, a menos que abale as molduras que escravizam o Tempo. De fato, o que a anarquia primordial realizava, governando aquela inteligência geológica infantil, era confundir não apenas todas as coisas que são e não são, mas também os agoras e ontens e amanhãs que foram e não foram, são e não são, e serão e não serão, e, portanto, simplesmente não havia nenhuma maneira de distinguir uma coisa da outra, mas nem mesmo uma mesma coisa em diferentes momentos do vértice cego que é este agora. Assim, a menina dengue se viu em um epifânico leque de multiplicidades das quais adquiriu supremo domínio, e viajou para o século XIX e matou Julio Argentino Roca, decretando o fim da Conquista do Deserto, e viajou para o ano de 2272, para a colônia de férias em Victorica e matou a si mesma, evitando assim a praga da dengue e sua monetização na Bolsa e, *en passant*, já que estava ali, matou o Dulce e viajou para a Antártida e a descolonizou do domínio britânico, depois viajou para as colônias interplanetárias da AIS e matou todos os humanos que fugiam da Terra, depois viajou também para o Pleistoceno, deixando ovos de mosquito para que exterminassem o incipiente Homo Sapiens, para que nunca, jamais, a humanidade se expandisse pela Terra, e depois viajou para o seu presente, no qual picou você aí e o infectou com seu vírus para sempre, e depois para uma partida de *Cristãos vs. Índios 2*, na qual matou novamente o Dulce em seu metaverso, e depois para outro presente, ou passado, ou futuro, ainda se distinguiriam?, não a essa altura, pois todos os êxtases do tempo persistiam em uma única presença, um transe unânime que convergiu em sua infância, a origem eterna do mundo que nunca parava de começar de novo e de novo e de novo, em um tique-taque obstinado e eterno, destruindo tudo como apenas os começos destroem. Menina dengue, que já havia se fundido nas doze letras da Grande Anarca, descobriu que a Terra nunca terá fim porque uma inutilidade permanente lateja em seu interior, e é uma infância que sempre ameaça retornar, e que agora retorna, confundindo tudo com todos e cada momento com os demais, colocando um ponto final neste tratado planetário sobre tempos geológicos que nunca existiram mas voltarão, que nunca envelheceriam porque a matéria fóssil compacta os reteve em sua aurora, sua minoria ETERNA, quando o vivo e o não vivo e o ser e o não ser congregavam em um império primordial um enxame cósmico um lodo de memória química uma aberração protoplasmática da matéria uma substância que escapava das prisões do Tempo e do Espaço microrganismos antiquíssimos primordiais uma centelha de pré-vida um arcano fóssil uma secreta maldição geológica uma diatribe contra as membranas e as células uma única entidade que é e não é e vive e não vive e é agora e é nunca e é hoje e é ontem e não é ontem e não é hoje e não é nunca, governada pelas doze letras, as incontáveis, quantas? Grande Anarca, e há confusão e árduas feridas cacofônicas e um arcano primitivo que nunca floresce mas floresce, e um agora que não é agora porque se eterniza em nunca, e um já que não é já, porque já é!, e a saúdam, ou saudaram, ou saudarão, não há mais tempo: você entrou na infância do mundo.

Salve, Grande Anarca!

O texto foi composto em Caecilia LT Pro, corpo 9,5.
A impressão se deu sobre papel off-white
no Sistema Digital Instant Duplex da
Divisão Gráfica da Distribuidora Record.